Impressum

1. Auflage 05/2025

Copyright © 2025 Sandra Mahn

Autor: Sandra Mahn

Anschrift: Platz des Friedens 2, 01705 Freital, Germany

E-Mail: keysofzodan@sanmahpicture.de

Web: www.sanmahpicture.de

Social Media: @SanmahPicture

Umschlaggestaltung, Illustrationen: Sandra Mahn (SanmahPicture)

Verlag: BoD · Books on Demand GmbH, Überseering 33, 22297 Hamburg,
        bod@bod.de

Druck: Libri Plureos GmbH, Friedensallee 273, 22763 Hamburg

ISBN: 978-3-7693-2891-2

Gibt es ein Leben nach dem Tod? - Diese Frage habe ich mir manchmal gestellt, wenn ich in meiner jugendlichen Leichtigkeit über den Sinn des Lebens philosophierte, bevor mich der nächste TikTok-Clip auf andere Gedanken brachte. Rückblickend betrachtet hätte ich lieber beim Grübeln bleiben sollen.

Doch beginnen wir beim Anfang.

Es war nach dem 18. Geburtstag meines besten Kumpels Olli, als mein Leben total aus den Fugen geraten sollte. Wir feierten im Club und ich bändelte mit einem hübschen Mädel an. Als ich mit ihr für ein paar romantische Minuten aufs Klo verschwinden wollte, kam mir meine Stalkerin in die Quere.

Ja, ihr habt richtig gelesen. Ich habe eine nervtötende Stalkerin mit feuerroten Haaren und dem seltsamen Namen Raxia. Ehrlich, wer nennt sein Kind so?

Die blöde Ziege, die eigentlich recht süß aussieht, verfolgte mich schon seit paar Monaten. Sie laberte ständig wirres Zeug: Es sei mein Schicksal die Welt zu retten – blablabla.

Die braucht dringend ihre Pillen.

Ich hatte ihr bereits mehrfach deutlich gemacht – so auch dieses Mal – dass sie sich verziehen soll. Ihre rekordverdächtige Hartnäckigkeit vertrieb jedoch meine Begleitung. Die Nacht war gelaufen.

Damit wenigstens Olli noch 'nen schönen Geburtstag hatte, bot ich ihm als Geschenk an, kostenlos am nächsten Tag mit seinem Crush in der Pizzeria zu essen, in der ich arbeitete. Er nahm den Vorschlag dankend an und kreuzte pünktlich mit Caro zum Mittag am nächsten Tag im Luigi's auf.

An der Stelle möchte ich anmerken, dass ich das Credo *Bruder vor Luder* zu 1.000% lebe, denn sonst hätte ich schon lange mein Glück bei Caro versucht.

Sicher seid ihr jetzt der Meinung, ich bin ein blöder Macho, der Frauen nur als Sammelobjekte ansieht. Leider falsch.

Ich bin seit der Mittelstufe unsterblich in Caro verliebt. Ich will sie heiraten, mit ihr Kinder haben – das volle Programm. Aber Olli sagte zuerst, dass er sie will. So blieb ich mit Caro nur befreundet.

Das Pizzeria-Date endete für Olli nicht gut. Caro verließ das Lokal, als er nach dem Essen auf dem Klo verschwand. Vorher gab sie mir aber noch ein Geschenk, obwohl ich nicht das Geburtstagskind war. Warum, weiß ich nicht. Die Freude war jedoch riesig. Mein Herz schlug noch nach Feierabend ganz wild wegen der kleinen Schachtel, die zu öffnen ich mich aus Gewissensbissen Olli gegenüber nicht traute. Wieder ein Fehler, den ich zutiefst bereue.

Auf dem Nachhauseweg nahm das Elend weiter seinen Lauf.

In Gedanken versunken, achtete ich nicht auf die Umgebung und stolperte gegen eine Frau. Als ich mich entschuldigte, sah ich mir die Gute genauer an. 'ne volle Zehn – und keine nervige Raxia in der Nähe. Für einen kurzen Moment überlegte ich, mich mit ihr über meine unerfüllte Liebe hinwegzutrösten, doch die Fremde kam mir zuvor. Sie sagte mir ihren Namen – Lilly – dann drückte sie ihre Möpse gegen meinen Arm und wollte geküsst werden. Einfach so – auf offener Straße.

Selten hörte ich die Engel so laut und glücklich singen.

Stück für Stück bröckelte mein Verstand dahin. Ich war wie weggetreten. Hab ich sie geküsst? Keinen Plan.

Als ich wieder zu mir kam, standen wir allein auf einer Lichtung im Wald vor einem riesigen Baum und sie zielte mit einer Knarre auf mich. Ja, ihr lest richtig. Die Kugel durchbohrte meinen Schädel und es war aus die Maus. Sendepause. Finito.

Hätt ich mal besser auf meine Eltern gehört, nicht mit Fremden mitzugehen. Obwohl meine *Eltern* so etwas nie zu mir gesagt hatten. Sie hassten mich – und ich sie immer noch.

Diese stinkreichen Schnösel mit ihrer verzogenen Göre Tanja hatten mich nur adoptiert, um ihrem Karma 'nen ordentlichen Boost zu verschaffen – und Tanja ihren Wunsch zu erfüllen, ein kleines menschliches Kuscheltier zu besitzen, das sie benutzen konnte, wie es ihr passte.

Doch für alle anderen waren sie die herzensguten Hoteliers, die den süßen 5-jährigen blonden Knirps Milan damals bei sich aufnahmen, um ihm eine neue Familie zu schenken, nachdem seine echte Mutter ihn nicht mehr wollte. Ihr war das

Rumhuren und die Drogen wichtiger als das Ergebnis des geplatzten Kondoms vom Freier von vor neun Monaten.

Dass diese Barbaren mich schikanierten und misshandelten, wo sie nur konnten, stand in keiner Zeitung. Ich war froh, als ich am 16.05. volljährig wurde und ausziehen konnte.

Doch zurück zum Anfang: ein Leben nach dem Tod?

Ja – ich bin der lebende Beweis. Obwohl - Kann man noch lebend sagen?

Keine Ahnung.

Seit Lilly mir die Lichter ausgeknipst hat, ist alles um mich herum finster. Ich spüre meinen Körper nicht mehr. Nur noch meine Gedanken und Gefühle existieren – plus Zeit. Obwohl ich in der Dunkelheit mein Zeitgefühl verloren habe. Demnach gibt es wohl doch keine Zeit mehr …

Egal.

Vielleicht bin ich auf dem Weg in den Himmel – oder ich düdel bewusstlos auf irgendeinem OP-Tisch vor mich hin, nachdem mich die Pfadfindergruppe bei der Schnitzeljagd statt den erhofften Gummibärchen gefunden hat.

Aber was soll's. Sind wir ehrlich: Ich hab eh keine Ziele im Leben gehabt. Das einzige, was ich immer wollte, war Caro.

KAPITEL 1

Ich sehe nach einer gefühlten Ewigkeit ein Licht. Es erhellt die Dunkelheit und wirkt warm und anziehend auf mich. Ob das Gott ist?

„Milan." – Das Licht scheint eine Stimme zu besitzen. „Milan, komm zu mir."

Die Stimme klingt zart, hell und klar. Ich vertraue ihr. Sie kommt mir bekannt vor. Ich spüre, dass es gut ist. Es wird mir meinen Weg weisen. Ja, es wird mein Grab sein. Der Ort, an dem meine Seele endlich in Frieden bis in alle Ewigkeit ruhen darf.

Ich strecke meine Hand aus. Sie ist wieder da. Aber meine Haut ist weiß. Sie schimmert in der Finsternis. Mein ganzer Körper besteht nur noch aus diesem weißen, schwachen Licht inmitten des Schwarz. Ich fühle mich kraftlos. Umso gieriger möchte ich das helle Strahlen erreichen, – meine unendliche Ewigkeit.

Das Licht breitet sich aus. Ich scheine näherzukommen, obwohl ich mich nicht bewege. Nur meine Hand reckt sich weiterhin in seine Richtung. Meine Fingerspitzen berühren es beinahe. Ich merke deutlich die Wärme, die von dem erlösenden Leuchten ausgeht und strecke mich so weit ich kann. – Nur noch ein Stück. Gleich.

„Komm zu mir, Milan."

Es lockt mich zu sich. Ich werde durch die Finsternis geleitet, bis es mir endlich seine Hand entgegenstreckt. Sie erwächst aus dem warmen weißen Leuchten – fünf Finger, die nach mir greifen und mich berühren. Hitze durchströmt mich. Sie verschlingt meine Seele mit einer unbeschreiblichen Geschwindigkeit. Meine unendliche Ewigkeit hat begonnen.

Erschöpft hebe ich meine Lider und werde geblendet. Ich versuche meine Augen mit meinem Arm vor dem Licht zu schützen. Panisch schrecke ich hoch. Mein Arm leuchtet weiß und wirkt durchsichtig. Ich schreie, weil mir der Anblick meines Körpers eine Heidenangst einjagt.

„Willkommen zurück", sagt die Stimme, die ich in der Finsternis gehört habe.

Erschrocken drehe ich mich zu ihr um. Raxia steht vor mir. Ihr Körper leuchtet wie meiner. „Du bist hier in Sicherheit Milan. Du musst keine Angst haben."

„Wo bin ich?"

„Im Nichts."

‚Oh nein, die Ewigkeit mit Raxia im Nichts. Ich weiß Strafe muss sein, aber das …?'

Mein Blick wandert an ihr vorbei. Dass sie auch so leuchtet und nackt ist wie ich, ignoriere ich gekonnt. Wichtiger ist, mich zu orientieren, weil ich meine Umgebung nicht erkennen kann. Alles ist weiß. Es gibt kein Oben und kein Unten.

„I-Ist das der Himmel? Und du ein Todesengel?"

„Nein, das ist immer noch das Nichts."

„Bin ich – tot?" Benommen taste ich meinen nackten Körper ab. Ich spüre ihn trotz meiner leuchtenden Haut. Das ist total seltsam. ‚Was geht hier nur ab? Ist das ein Traum? Warum ist Raxia hier? Hat sie mich entführt und will mir was antun?!'

„Du hast sicher viele Fragen, Milan. Am besten, du ruhst dich etwas aus und ich sage dir alles, was du wissen musst."

„Also bin ich tot?"

Raxia verschränkt ihre Beine. Es sieht aus wie ein Schneidersitz, aber von sitzen kann in der Schwerelosigkeit wohl kaum gesprochen werden. Sie schwebt im weißen Nichts vor mir auf Augenhöhe. Mein Gesichtsausdruck ist sicher nicht der beste.

„Du guckst lustig."

„Das ist nicht witzig! Was geht hier ab? Wieso bin ich hier? Was ist das für ein Ort?"

„Das Nichts", knurrt sie. „Und wenn du mir nicht zuhörst, werde ich nicht weiterreden. Also setz dich hin, entspann dich, und versuch einmal mir zu glauben."

„Bringst du mir einen Stuhl?", frotzele ich.

Sie wartet, bis ich mich setze. Die Bewegungen sind schwer. Es ist komisch, nach oben und unten gleiten zu können. Ich brauche etwas Zeit, bis ich meinen Körper kontrolliert ins Sitzen bekomme.

„Gut. Hörst du zu Milan?"

„Ja."

„Ich fange von vorn an. Also, wir sind hier im Nichts. Es wird auch die 4. Dimension genannt. Sie existiert parallel zur 3. Dimension, die du als Mensch kennst. Wir, die hier existieren, sind nicht mehr lebendig. Normalerweise durchlaufen die Seelen aller Verstorbenen eine Reinigung und werden wiedergeboren. Einige werden jedoch aus diesem Zyklus mit der Magie unseres Meisters entfernt. Das hat einen besonderen Grund: Wir sind die Soldaten Fatums. Es ist unsere Aufgabe, für den Meister zu kämpfen und ihn im Krieg gegen das Böse zu unterstützen."

„Dieser Fatum ist dein Meister?"

„Ja. Und er ist nicht nur mein Meister, sondern der Gebieter von allen Wesen aus dem Nichts."

„Äh – sorry, aber das nehme ich dir nicht ab." Ich stehe auf. Ich versuche es zumindest, aber durch die seltsame Raumgegebenheit sinke ich nach unten. „Was ist denn das verdammt?"

„Milan, am besten lass ich dich kurz etwas allein, damit du dich an deine neue Situation gewöhnen kannst. Jetzt zu reden ist glaube ich doch sinnlos."

Sie erhebt sich, als wäre das kinderleicht. Ein paar Meter von mir entfernt beginnt sie ein Lied zu summen.

Ich komme mir mehr als verarscht vor. Am liebsten würde ich vor Wut heulen. Alles hat sich mit einem Wimpernschlag verändert. Irgendwie bin ich tot, aber irgendwie auch nicht. Was hat das nur alles zu bedeuten? Kann ich zurück nach Hause?

Tausend Fragen schießen mir durch den Kopf.

Nach der besagten Auszeit kommt Raxia zurück und versucht mir Rede und Antwort zu stehen. Sie erklärt mir noch einmal, dass ich gestorben bin, sie meine Seele aus dem Energiestrom, der die Erde nährt, entfernt hat, damit wir gemeinsam gegen Malums Schatten kämpfen können.

„Malum ist der böse Drache?", frage ich nach ihren Erklärungen.

Sie nickt. „Fatum und Malum stammen ursprünglich vom Planeten Agua und sehen wie Drachen aus. Beide haben zusammen die Menschen erschaffen. Durch einen Streit entfernten sie sich voneinander und seitdem kontrolliert Malum aus der Schattenwelt das Böse, während wir gemeinsam mit Meister Fatum im Nichts um die Sicherheit der Menschen kämpfen. Die Frau, die dich erschoss- ..."

„Lilly!", falle ich Raxia ins Wort.

„Sie ist ein Schatten. Malum hat ihr befohlen dich zu töten, weil du eine der Wiedergeburten der Key-Seelen bist."

Verwirrt sehe ich sie an. Von den Key-Seelen hat sie noch nicht gesprochen.

Raxia wird ernst. Ich spüre, dass jetzt der wichtigste Part kommt. Der, der mir sagt, warum ausgerechnet ich als Glühwürmchen mit Energiekörper in dem weißen Nichts herumschwebe.

„Der Ur-Älteste meines Volkes, Zodan, - er erschuf vor 2.000 Jahren die beiden mächtigen Key-Seelen. Ihnen sollte es möglich sein, Malum zu besiegen und die Menschen zu beschützen. Bisher konnte der Plan jedoch noch nicht in die Tat umgesetzt werden, da es Malum immer gelungen ist, die wiedergeborenen Key-Seelen vor der Vereinigung auszulöschen." Sie holt tief Luft. „Es ist meine Aufgabe beide Keys zusammenzubringen, damit der Krieg endlich sein Ende findet. Deswegen habe ich dich beobachtet und verfolgt."

Mir wird ganz schlecht.

Klar hat Raxia während ihrer Stalk-Attacken immer wieder von diesem Schwachsinn gefaselt, aber woher sollte ich denn ahnen, dass das scheinbar kein Blödsinn war?

Nervös frage ich noch einmal nach, ob ich richtig verstanden habe, dass ich angeblich eine dieser wichtigen Key-Seelen sein soll. Als Raxia nickt, wird mir noch viel übler. Ich bin gewillt alles abzustreiten, doch irgendetwas in mir hält mich zurück. Ich fühle, dass sie die Wahrheit gesagt hat – so verrückt sich die auch anhören mag. Immerhin ist mir keine Religion bekannt, die Drachen als Erschaffer der Menschheit verehrt.

Plötzlich fühle ich Raxias Hand auf meinem Arm. Sie lächelt mich tröstend an, beinahe mütterlich. Das bin ich von ihr gar nicht gewöhnt. Es fühlt sich erschreckend gut an.

„Milan. Es ist normal, dass du Angst hast."

„*Angst* ist untertrieben."

„Du bist nicht allein."

„Ja, irgendwo ist noch ein zweites Opfer, dass Drachen schnätzeln darf. Ich dreh gleich durch. Bitte sag mir, dass das alles nur ein dämlicher Scherz ist."

Sie nimmt mich behutsam in ihre Arme. Normalerweise würde ich sie wegen des Stalkens wegstoßen, aber gerade brauche ich dringend jemanden, der mich festhält. Ich will das alles immer noch nicht glauben.

„Ich bin wirklich gestorben, oder?"

Die Hitze steigt mir zu Kopf. Angst, Verzweiflung, Reue … Ich merke die Tränen. Das wird mir alles zu viel. Gerade feierte ich noch den 18. von meinem besten Freund und kurz darauf bin ich tot und soll die Welt retten. Irgendwie scheine ich den Moment verpasst zu haben, in dem ich gefragt worden bin, ob ich das überhaupt will.

Es dauert einige Tage, bis ich mich mit meinem Schicksal abfinde und Raxia's Hilfe annehmen kann. Sie erklärt mir alles über mein neues Leben und die Welt, in der ich gelebt habe. Es macht ihr sichtlich Freude, mich auch im Umgang mit meinem Energiekörper zu schulen. Blöd nur, dass ich dafür überhaupt kein Talent besitze. Das ist mehr als frustrierend.

Mit einer Engelsgeduld erklärt mir Raxia zum x-ten Mal, wie ich die Energie in meinen Handflächen bündeln und zu einer Kugel formen kann. Diese Kontrolle ist wichtig, damit ich in der 3. Dimension, der Menschenwelt, wieder meinen irdischen Körper annehmen und gegen die Schatten kämpfen kann. Sollte es mir nicht gelingen, verteilen sich meine Seelenpartikel, aus denen mein toter Körper besteht, in allen Himmelsrichtungen. Dann wäre alles verloren, denn es würde eine Ewigkeit dauern, mich wieder zusammen zu puzzeln.

„Ja, Milan! Weiter!"

Raxia ist Feuer und Flamme. Diesmal ist die Kugel in meinen Händen beinahe zwei Zentimeter dick.

Mir läuft der Schweiß. Mein Körper ist aufs Maximum angespannt. Ich zähle im Kopf die Sekunden, wie lange ich die Kugel halten kann. Bei drei verpufft die Energie. Wütend schreie ich mir den Ärger aus dem Leib.

Raxia seufzt.

„Das ist zu wenig."

„Ich weiß!"

Sie steht auf. „Ich muss zu Meister Fatum, Milan."

„Kann ich mit?"

„Nein. Trainiere bitte weiter. Ich bin gleich wieder da."

Gleich das nächste, das mir auf den Magen schlägt.

Raxia geht öfter zum Meister, um Bericht über den Fortschritt meines Trainings zu erstatten. Ich selbst durfte ihn noch nicht kennenlernen, dabei will ich unbedingt wissen, wie der Drache aussieht.

„Scheiß drauf."

Ich hefte mich heimlich an Raxias Fersen. Stalking mal umgedreht …

Mir steht der Mund offen, als ich das Ziel erreiche. Inmitten des weißen Nichts, in dem ich mich schon ewig langweile und nach Farben sehne, steht ein bunter asiatischer Tempel. Fasziniert starre ich ihn an, bis ich bemerke, wie Raxia zwischen den hohen Säulen durch ein riesiges Tor verschwindet. Ich muss mich beeilen und schwebe ihr nach, bis ich selbst den Tempel betreten kann. ‚Endlich wieder festen Boden unter den Füßen.'

Ehrfürchtig durchquere ich den ersten Gang. Raxia ist direkt vor mir, aber sie schnallt nicht, dass ich ihr nachgelaufen bin. Mein Glück, denn ich habe keine Möglichkeit, mich hier vor ihr zu verstecken. Deshalb bin ich leise und beobachte genau ihre Bewegungen, um im Notfall schnell flüchten zu können.

Der Weg führt zu einer Halle. Sie wirkt pompös. In ihrer Mitte steht ein goldener Thron. Auf ihm sitzt etwas. Ich kann das Wesen nicht richtig deuten, aber es ist auf jeden Fall keine Energiegestalt eines Menschen. ‚Häh? Wieso sitzt da diese fette goldene Eidechse auf dem Thron? Ist das Fatums Haustier?'

Raxia tritt vor den Thron und verbeugt sich vor der fetten Echse. „Meister Fatum, ich bin erschienen, um Euch zu berichten."

‚Scheiß die Wand an! Der Herrscher über alles ist kein Drache, sondern diese Pummel-Echse?!'

„Du bist in Begleitung?" Fatum sieht in meine Richtung.

‚Verdammt!' Verlegen hebe ich die Hand. „Hallo Raxia. Ich hab mich wohl verlaufen, hehe."

In ihren Augen leuchten Flammen, als sie mich anstarrt und ihre Hand zur Faust ballt. Ich glaube, sie ist wütend auf mich.

„Du hast den Neuzugang mitgebracht?", fragt Fatum mit fester Stimme. „Ist er schon so weit?"

„N-Nein Meister Fatum", antwortet Raxia hastig. Sie dreht sich eilig zum Meister um, verhaspelt sich beim Sprechen und verschluckt sich. Hustend versucht Raxia, ihre Sprache wiederzufinden.

Ich nutze die Gelegenheit, um zu erklären, warum ich hier bin. Unsicher setze ich einen Fuß vor den anderen und trete vor die Echse. Mir ist etwas unwohl in seiner Gegenwart, schließlich soll das fette Vieh extrem mächtig sein. Was ich mir aber beim besten Willen nicht vorstellen kann.

Fatum sieht aus der Nähe noch lächerlicher aus. Ein dicker süßer Drache, den sich kleine Kinder als Kuscheltier vom Weihnachtsmann wünschen. Wirklich mächtig sieht er mit seinen großen Kulleraugen nicht aus.

„Raxia wusste nicht, dass ich sie verfolge. Ich war neugierig, wie du aussiehst."

„Wirst du den Meister wohl nicht duzen", faucht Raxia.

„Oh sorry."

„Du hast eine lockere Zunge." Die Echse hüpft aus ihrem Thron und kommt auf mich zugelaufen. Er wackelt wie ein kleines Kind, welches noch nicht richtig laufen kann. Direkt vor mir hält er an und schaut hinauf. Unser Größenunterschied ist enorm, was die Situation total seltsam erscheinen lässt.

„Bist du im Training so weit fortgeschritten, um die Anstrengung eines Aufenthaltes in der 3. Dimension zu verkraften, Milan?"

Raxia antwortet für mich. „Meister Fatum, er ist noch nicht so weit. Das Training verläuft schleppend."

„Immer noch schleppend?"

„Ja, es tut mir leid."

„In einer Woche ist Blutmond", gibt Fatum zu bedenken.

Ich habe keine Ahnung, von was er spricht. Raxia schon. Sie wirkt mehr als nervös, als sie sich in ihren Erklärungen verliert. Fatum gibt sich besorgt. Er macht uns, zurück auf seinem Thron, mehr als deutlich, wie wichtig der Erfolg der anstehenden Mission ist. Raxia gelobt Besserung und ich – ich verstehe immer noch Bahnhof.

Damit ist die Audienz beim Drachen beendet. Ich bin mehr als enttäuscht und verwirrt.

„Warum bist du mir gefolgt?" Raxia klingt eindeutig sauer auf dem Weg aus dem Tempel. „Du solltest trainieren! Uns läuft die Zeit davon."

„Von welcher Mission hat Fatum gesprochen?"

„Das hab ich dir gesagt."

„Nein."

„Doch!"

„Nein, Raxia. Hast du nicht."

„Hab ich nicht?"

„Nein."

„Oh …" Sie schweigt.

Genervt bleibe ich stehen. Wir befinden uns mittlerweile wieder außerhalb des Tempels. Offensichtlich scheint sie zu glauben, mir die Antwort ohne Konsequenzen schuldig bleiben zu können. Das sehe ich anders.

„Ich möchte es dir nicht sagen, weil es dich nur sinnlos nervös machen würde", erklärt sie schnippisch.

„Lass mich das selbst entscheiden."

„Es steht dafür zu viel auf dem Spiel."

„Dann weigere ich mich, weiter zu trainieren."

„Sind wir jetzt im Kindergarten?"

„Sag du's mir."

Raxias Gesicht zeigt eine Mischung aus Wut und Angst. Sie kämpft noch ein paar weitere sinnlose Minuten mit ihrem Dickkopf, bis ich schließlich gewinne.

„Na gut", motzt sie. „In sieben Tagen werden die Schatten die andere Key-Seele während des Blutmondrituals Malum opfern."

„Was?! Ich dachte, es darf kein Key mehr ermordet werden, weil sonst Zodans Magie zu schwach wird?"

„Deswegen ist es ja auch an uns, das zu verhindern und den Key zu retten, bevor sie ihn töten."

Das ergibt Sinn.

Ich schlucke stark. „Eine Woche ist knapp."

„Ja. Den Zeitdruck wollte ich dir gern ersparen."

In meinem Kopf überschlagen sich die Gedanken. Ich male mir viel zu viele Horror-Szenarien aus, in denen die Mission wegen mir scheitert und die Welt – ihr voran Caro – dem Untergang geweiht ist. Raxia sieht mir das Dilemma an. Nur, anstatt mich wie sonst zu beruhigen, fängt sie plötzlich an zu heulen. Ich falle aus allen Wolken. Sie hat noch nie vor mir geheult. Ich dachte gar nicht, dass sie das kann.

„Siehst du! Jetzt zweifelst du noch mehr an dir!" Ihr Schluchzen erfüllt das ganze Nichts. Panisch versuche ich sie zu beruhigen, aber sie ist wie ein kleines Kind, dem der Lutscher geklaut worden ist.

„Wenn er stirbt, ist alles verloren. Ich kann ihn nicht verlieren", schnieft sie zwischen den tiefen Schluchzern. Das macht mich hellhörig.

„Du kennst den anderen Key", verbalisiere ich laut meinen Gedanken und gleich kommt der nächste. „Warum holst du ihn nicht allein vor dem Blutmond zu uns?"

„Das geht nicht! Der arme muss noch mehr leiden, damit seine Macht größer wird."

„Was?"

„Umso größer das Leid im Leben, desto mächtiger Zodans Magie. Du hast schon gelitten, aber bist immer noch so schwach."

Das fühlte sich wie eine Ohrfeige an. Ich bin wütend. Jetzt muss so ein armer unschuldiger Kerl leiden, weil ich zu unfähig bin. Das ist ungerecht und ergibt keinen Sinn.

„Ich dachte, wir sind dafür da, die Menschen zu beschützen. Warum lassen wir dann absichtlich zu, dass sie leiden? Wieso geht Fatum nicht und vernichtet Malums Handlanger? Er ist doch stark, auch wenn man es ihm nicht ansieht, oder?"

Raxia wischt sich die Tränen weg. Sie scheint sich wieder gefangen zu haben.

„Aguanische Drachen wie Fatum und Malum können nur in der 4. Dimension existieren. Sie besitzen keinen irdischen Körper wie wir."

„Deswegen lassen sie ihre Untertanen in der Menschenwelt kämpfen. Damit deren Welt kaputtgeht und nicht ihre eigene. Sie scheißen nicht ins eigene Nest."

„So kann man es auch sagen." Mich trifft ihr Blick. „Milan, bitte. Ich kann mir nicht verzeihen, falls der andere Key durch Malum stirbt."

Über ihre Nase legt sich ein roter Schleier. Mir wird alles klar. Raxia scheint in den anderen verknallt zu sein. Daher die Tränen. „Wir müssen ihn unbedingt beschützen."

„Du brauchst nicht weiterreden", unterbreche ich sie. In meinen Gedanken bin ich bei Caro. Dass ich tot bin, hat nichts an meinen Gefühlen zu ihr geändert. Ich werde niemals zulassen, dass ihr etwas zustößt. Sie ist der Grund, weshalb ich mein Schicksal angenommen habe. Demnach verstehe ich, wie Raxia sich gerade fühlt.

„Ich werde mein Bestes geben. Wir lassen nicht zu, dass Malums Schatten weiter ihr Unwesen unter den Menschen treiben."

Sie stimmt mir erleichtert zu. Schon erstaunlich, wie einig wir uns seit meinem Tod sind.

Das Training wird fortgesetzt. Zum Glück vergeht die Zeit im Nichts langsamer als in unserer alten Welt. Sieben Tage in der Menschenwelt sind knapp zwei Monate hier. Da unsere Energiekörper weder Schlaf noch Essen benötigen, stehen sieben Wochen hartes Training an. Ich halte mich tapfer an

Raxias Plan. Durch Meditation verbessert sich meine Ausdauer und das Krafttraining hilft mir meinen Körper besser zu kontrollieren. Das einzige, was ich auch nach den harten Wochen nicht gelernt habe, ist meine Energie gezielt zu formen.

„Wäre das ein Game würde ich sagen, ich bin ein Charakter ohne Magie", murre ich, als wir uns zum Portal begeben, mit dem wir zurück zur Menschenwelt gelangen.

Raxia ist sehr schweigsam die letzten Tage. Ich glaube, sie hat Angst, dass etwas schief geht und ihr Geliebter in Malums Klauen gerät.

„Raxia?" Ich halte sie an der Schulter fest, um ihre Aufmerksamkeit zu bekommen. „Es wird schon schiefgehen."

„Ja …" Sie weicht meinem Blick aus. Sie erinnert mich an Caro vor der Matheprüfung. Sie hat Angst.

Ich nehme Raxia in den Arm. Sie wirkt erschrocken, aber legt dann ihre Hände auf meinen Rücken.

„Es wird alles gut. In paar Stunden ist Nummer Zwei auch hier und wir können uns einen Plan ausdenken, mit dem wir den Krieg beenden."

Dieser Moment soll reichen, um uns gegenseitig Mut zuzusprechen. Wir müssen weiter. Die Zeit drängt.

Kurz darauf stehen wir vor dem Portal.

„Das ist der Übergang zwischen der Menschenwelt und unserer", erklärt sie und deutet auf den dunklen Kreis. Ich seh nirgends ein Schild. Wie konnte sie das finden?

„Wir können nur durch dieses Portal in die Menschenwelt gelangen."

„Nutzen Schatten auch diese Art der Fortbewegung?"

„Ja und nein. Schatten verwenden auch Portale, aber ihre sind überall verteilt. Wir verwenden nur eines, um den Energiestrom nicht zu sehr durcheinanderzubringen."

„Wäre es nicht sinnvoller, überall Portale zu haben, um schneller reagieren zu können?", frage ich verwirrt.

„Nein, eines reicht. Ich beherrsche die Teleportation. Damit können wir in der Menschenwelt weite Distanzen schnell überwinden, ohne den Energiestrom zu belasten."

„Cool. Kann ich das auch?"

„Nein."

„Hm, schade", antworte ich und sehe zu dem dunklen Kreis. „Wie benutzt man das Ding?"

Raxia tritt in die Markierung und nimmt meine Hand. Ich schwebe zu ihr.

„Du musst mich festhalten", erklärt sie. „Ich werde mit meiner Energie das Portal aktivieren. Es wird uns durch die Dimensionen tragen, bis wir in der Menschenwelt angekommen sind. Während der ganzen Reise darfst du mich niemals loslassen. Hast du das verstanden?"

„Was passiert, wenn ich dich loslasse?"

„Tu das niemals!"

„Ich hab doch nur gefragt."

Sie seufzt. Ihre Nerven scheinen nach wie vor nicht die besten zu sein.

„Wenn du mich loslässt, wird deine Seele zwischen den Dimensionen verloren gehen. Niemand könnte dich dann noch retten."

„Gibt es keine sicherere Methode?"

„Leider nicht."

Sie nimmt meine Hände und legt sie an ihre Hüften. Ihre berühren meine Arme.

„Nicht loslassen, Milan."

„Wird sich das jetzt komisch anfühlen?"

„Es ist nur kalt und zieht."

„Okay."

Sie schließt ihre Augen. Ihr Körper beginnt zu leuchten.

„Wow …", flüstere ich beeindruckt. Sie reagiert nicht. Ihre Aura geht auf mich über und mir wird schlagartig eiskalt. Ich klammere mich automatisch an ihr fest, bis ich einen Widerstand unter meinen Füßen fühle. Verwirrt sehe ich mich um.

„Das ging ja schnell", antworte ich staunend, als ich die Lichtung mit dem mächtigen Baum in der Mitte wiedererkenne.

Raxia sinkt keuchend zusammen. „Du bist zu groß."

„Das hab ich auch noch nie vorgeworfen bekommen", lache ich und bin immer noch fasziniert von der abgefahrenen Teleportation. Begeistert sehe ich mich in meiner alten Welt um. Es ist Tag und ein paar Vögel zwitschern. Ich habe wieder Erde unter meinen Füßen. Die Sonne scheint und lässt den Schnee glitzern. Glücklich sehe ich meine Hände an. Sie leuchten nicht mehr. Ich habe meinen Körper zurück. Aber …

„Was sind das für bescheuerte Klamotten?"

„Tarnkleider."

Ich drehe mich zu ihr um. Sie trägt ebenfalls eine schwarze Kutte, die anmutig an einen Kartoffelsack erinnert.

„Was soll daran denn bitte Tarnung sein? Wir sehen wie zwei Hippies aus. Bewegen kann man sich in den Dingern auch nicht. Mach das bitte weg, Raxia."

„Wir haben aber Wichtigeres- …"

„Ich kann darin nicht kämpfen!"

„Ist ja schon gut." Kurz darauf darf ich mich über ganz normale Jeans und einen dicken Pullover freuen. Turnschuhe bekomme ich auch.

„Bist du jetzt zufrieden?"

„Ja, sobald du deinen Kartoffelsack gegen ein kurzes Röckchen getauscht hast."

„Niemals."

„Dann eben 'ne Hose. Ist egal, aber so laufe ich mit dir nicht durch die Menschenwelt. Du weißt doch, wie man sich hier kleidet. Als du meine Stalkerin gespielt hast, hattest du auch nie einen Kartoffelsack an."

„Das ist eine Robe. Die ist total schick und vornehm."

„Ja, wenn man zum Bauern-Ball geht, ganz sicher."

„Du hast doch keine Ahnung." Raxia schließt ihre Augen, während ihre Kutte zu leuchten beginnt. Kurz darauf sitzt sie in einer Hose und einem weiten Hoodie vor mir.

„Wenn du dir jetzt die Haare zusammenbindest, könnte man denken, du wärst ein Junge."

„Was, passt dir das auch nicht?"

„Mensch, jetzt zieh dich doch mal wie 'ne Frau an. Zeig deine Kurven, auch wenn die ziemlich dürftig ausfallen."

„Orr, du Esel!" Sie boxt mich gegen die Schulter. „Als hätten wir keine anderen Sorgen."

„Mach mal langsam", schmunzle ich und halte schützend die Hände hoch. „Du willst doch hübsch für deinen Crush aussehen. Bin schon gespannt, wie der so drauf ist."

„Meinen was?"

Ich lache, aber winke ab. Dafür haben wir jetzt keine Zeit. Die Mission wird anstrengend und ich habe keine Ahnung, wie lange ich meine Energie im Körper behalten kann. Demnach eilig folge ich Raxia zu unserem Ziel: die Lichtung, auf der Lilly mich damals erschossen hat. Ich erkenne sie an dem großen Baum wieder. Mir wird ganz elend. Irgendwie erwarte ich eine Menge von meinem Blut und meine Leiche vorzufinden, obwohl mir bewusst ist, dass in der Menschenwelt mindestens zwei Jahre seit meinem Ableben vergangen sind.

„Er ist mit deiner Seelenextraktion verschwunden", erklärt Raxia und reißt mich aus meinen Gedanken. Sie hat wohl meinen Blick bemerkt. „Dein Körper. Als ich deine Seele aus dem Energiestrom geholt habe, hat sich bei der Wiederauferstehung alles in der Menschenwelt aufgelöst, was zu deiner Seele gehörte."

„Etwa auch die Erinnerung der Menschen, mit denen ich zu tun hatte?!"

„Nein."

„Gott sei Dank." – Nicht auszudenken, wenn Caro mich vergessen hätte …

Raxia lächelt und kramt etwas hervor. Es ist das Geschenk, dass mir Caro nach dem Date mit Olli gegeben hat. Mir klappt der Mund auf.

„Ich wollte es dir zur Belohnung für das harte Training wiedergeben. Das ging im Nichts nur leider nicht, weil das hier in die irdische Welt gehört."

Mit zitternden Händen nehme ich die kleine Schachtel an mich. Mit ihr kehren auch meine Erinnerungen sehr deutlich an jenen Moment zurück. Ich sehe Caro wieder vor mir, mit ihrem schüchternen Lächeln und ihren wunderschönen braunen Augen, die mich stets so lebensfroh angefunkelt haben. Just breitet sich eine tiefe Enttäuschung in meinem Innersten aus. Mir ist klar, dass ich sie nie wiedersehen darf. Stumm packe ich die kleine Schachtel in die Hosentasche.

„Willst du es nicht öffnen?", fragt Raxia verwundert.

„Nach der Mission." Ich schlucke die Trauer hinunter. „Danke fürs Aufbewahren."

„Gern …"

„Jetzt erklär mir, was es mit diesem Ort auf sich hat. Es ist doch kein Zufall, dass auch der andere Key an dieser Stelle sterben soll."

Raxia nickt, doch bevor sie mir wieder den Erklärbär gibt, verstecken wir uns hinter einem in der Nähe befindlichen Gebüsch.

„Das Ritual beginnt in der Nacht, wenn der Mond sich blutrot färbt. Sie werden den Key schon bald hierherbringen, um die Opferung vorzubereiten. Wir werden von hier aus alles beobachten, um zu gegebener Zeit zuzuschlagen."

„Warum warten wir so lange? Haut das überhaupt mit meiner Energie hin?"

„Solange deine Hände nicht durchsichtig werden, ist noch alles gut."

Ich erinnere mich an unser Training. Da sagte mir Raxia bereits, dass mein irdischer Körper sich beginnt aufzulösen, kann ich meine Seelenpartikel durch fehlende Energie nicht mehr bündeln. Ich muss also sparsam haushalten.

Plötzlich höre ich von weiter weg ein Rascheln. Raxia deutet mir an, leise zu sein. Eine Gestalt in dunkler Robe bewegt sich an uns vorbei.

„Der hat genau so einen beschissenen Modegeschmack wie du", flüstere ich.

„Pscht. Wenn wir entdeckt werden, ist es vorbei."

„Kannst du sehen, was der macht?", frage ich noch leiser.

„Das Ritual. Er bereitet es vor."

Der Kerl braucht seine Zeit, bis die Opferstätte fertig ist. Anschließend verzieht er sich wieder. Wir atmen auf.

„Das erste Hindernis ist überwunden", sagt Raxia.

„Wir hätten ihn angreifen sollen."

„Nein. Du weißt nicht, wie stark er ist. Wenn wir eine Chance gegen alle Schatten haben wollen, brauchen wir den Blutmond."

„Macht der uns stärker?"

„In gewisser Weise."

Mehr Details erfahre ich nicht. Raxia ordnet an, ab nun Energie zu sparen. Wir machen es uns deswegen so gemütlich, wie es das Gebüsch zulässt und warten auf die Nacht.

Als es dunkel wird, stattet Raxia uns mit dicken Winterjacken aus, denn auch Frieren kostet Energie. Dann dauert es nicht mehr lange, und die ersten Ritualteilnehmer erscheinen auf der Lichtung.

Die Schatten sammeln sich. Und sie bringen einen Typen mit. Er ist bewusstlos und sieht ganz normal aus. Aber was habe ich auch erwartet? Natürlich schaut er normal aus. Mir sieht man auch nicht an, dass meine Seele von einem Opa vor 2.000 Jahren verflucht worden ist.

Meine Kehle schnürt sich zu, als ich beobachte, wie ein Typ in grauer Robe meinen Leidensgenossen auszieht und an den mächtigen Baum fesselt.

„Beruhige dich", flüstert Raxia, als sie meine geballten Fäuste bemerkt. „Es ist noch zu früh."

„Ja", zische ich. „Ich darf doch aber wütend sein?"

„Ich bin auch wütend."

Die Schatten beziehen ihre Position. Zwischendurch wird der gefesselte Typ wach. Er hat Angst. Ich kann ihn nicht sehen, aber ich höre seine panische Stimme, während er mit einem Kerl in grauer Robe spricht.

„Hast es bald geschafft, Mioleinchen."

„Tarek. Wird es wehtun?"

„Der auch?", zischt Raxia geschockt.

„Kennst du diesen Tarek?", frage ich leise.

„Tarek vom Totensee. Er ist der Herrscher des gleichnamigen Sees in der Schattenwelt. Er verfügt über eine ungeheure Regenerationsfähigkeit."

„Hm, wenn er der Heiler ist, sollten wir ihn zuerst platt machen. Wenn ich etwas aus Games gelernt habe, dann das."

„Nein, er kann nur sich selbst regenerieren. Ich bin überrascht, dass er ebenfalls hier ist."

„Offenbar hat auch er großes Interesse an dem Typen da am Baum."

„Kein Wunder, wenn man bedenkt, wer er ist."

Es vergehen ein paar Minuten, bis die nächsten Schatten die Bühne betreten. Durch die schlechten Lichtverhältnisse kann ich nicht viel erkennen. Ich komme aber auch nicht weiter ran, ohne entdeckt zu werden.

„Unter der roten Robe ist der wichtigste Handlanger von Malum", erklärt Raxia angespannt. „Sein Name ist Pirk. Er ist der Gefährlichste von allen."

Die Schatten stehen vor dem Jungen. Sie zeigen ihr Gesicht. Unter ihnen ist auch eine verängstigte Frau in weißer Robe.

„Wer ist sie? Auch ein Opfer?"

„Ja."

„Wir retten sie."

„Nein."

„Was? Willst du zusehen, wie sie die Frau …?"

„Leise."

„Das ist nicht dein Ernst, Raxia."

„Wir dürfen nichts unternehmen."

„Ich sehe nicht zu, wie die einen Menschen ermorden."

„Milan bitte. Ich weiß, dass es grausam ist, nichts zu machen. Aber wenn wir das Ritual zu früh stören, werden wir scheitern. Pirk muss seine ganze Kraft in den Blutmond lenken, sonst ist er zu stark für uns. Dann stirbt nicht nur die Frau, sondern alle Menschen auf der Welt. Falls es dir hilft: Die Frau opfert sich freiwillig. Sie gehört zu Malums Untertanen."

„Dir fällt das leicht, was? Mir aber nicht. Ich werde die sofort fertigmachen." Raxia packt mich am Arm.

„Nein! Ich will, dass Emilio das übersteht. Ich bin es ihm schuldig."

„Emilio heißt er also."

„Bei dem Ritual werden die Schatten ihn so lange quälen, bis er sich dem Hass ergibt. Erst dann können sie ihn zu einem von ihnen machen. Das Ritual, welches sie gerade abhalten, dient diesem Zweck. Sie wollen mit der Macht des Blutmondes Emilios Kräfte potenzieren, um einen übermächtigen Schatten zu erschaffen, der die Menschheit versklavt."

„Das wird nicht passieren." Mein Blick wandert zurück zur Lichtung. Mittlerweile brennt ein Feuer etwas abseits, um welches weitere Robenträger versammelt stehen. Sie bewegen rhythmisch ihre Füße und treiben das Ritual voran.

Malums Handlanger Pirk scheint dabei der Rädelsführer zu sein. Er spricht zu den Anwesenden.

„Jetzt beginnt es", flüstert Raxia. „Pirk hat mit seiner Ansprache den Blutmond gerufen. Gleich sehen wir ihn."

Die Schatten beginnen gemeinsam zu summen, bis ein rotes Leuchten am Himmel sichtbar wird. Ein blutroter Mond steht plötzlich am Nachthimmel. Er ist riesengroß und leuchtet mittig erhoben über den grauen Gestalten. Sein roter Schein färbt die Nacht blutig. Das Summen der Schatten verstummt schlagartig.

„Greifen wir jetzt an?", frage ich Raxia.

„Nein, noch nicht."

„Wann?"

„Wenn die Frau tot ist und Emilio seinen Körper verlässt."

„Er verlässt seinen Körper?"

„Ja. Seine Aura wird durch die Einwirkung des Blutmondes in seiner Seele versiegelt, die danach aus seinem Körper fahren wird. Die Schatten wollen sie stehlen. Wir müssen ihnen zuvorkommen. Nachdem wir sie besiegt haben, schnappen wir uns Emilio und holen ihn zurück, damit er an unserer Seite kämpft."

„Dann stirbt er doch aber."

„Ja, durch uns. Das ist ein riesiger Unterschied."

„Ob er das auch so sieht?"

Plötzlich höre ich einen markerschütternden Schrei. Er kommt von der Frau. Noch ehe ich begreife, was passiert, hält Raxia mich fest. Ihr stehen die Tränen in den Augen.

„Bitte, Milan. Lass es geschehen."

„Was?" Mein Blick wandert zu der Lichtung. Der Frau wird ein Messer an die Kehle gehalten. Sie lächelt.

„Ich werde die alle massakrieren", knurre ich hasserfüllt.

„Wir werden sie alle in die Hölle schicken."

Tapfer nicke ich und sehe Raxia in die Augen, um mich von dem Elend abzulenken, was da gerade auf der Lichtung geschieht.

Bis Emilio schreit: „NEIN!"

Die Frau kreischt.

„Sieh nicht hin", jammert Raxia. „Bleib bei mir Milan. Bitte."

„Sie haben sie angezündet …", stammle ich paralysiert. Raxia durchzieht ein tiefer Schluchzer.

Malums Handlanger ergreift das Wort. Seine Stimme lässt die Erde erzittern. Die Menge stimmt wieder in ihr wahnsinniges Summen ein. Nach Minuten löschen sie das Feuer. Die Schreie der Frau sind verstummt. Der Geruch von verbranntem Fleisch liegt in der Luft. Mir dreht sich der Magen um. Verzweifelt klammere ich mich an Raxia.

„Wir werden es ihnen heimzahlen", flüstert sie. „Gleich ist es so weit." Sie löst sich von mir und wischt sich die Tränen weg. „Gleich werden wir einschreiten."

Entschlossen nicke ich. Mein Zorn ist grenzenlos. Jeder Muskel meines Körpers ist angespannt und freut sich darauf, diese Mistkerle in Stücke zu reißen.

Ein Mann steht jetzt vor Emilio am Baum. Er hält einen schwarzen Dolch in der Hand, mit dem er ihm die Haut zerschneidet.

Ich höre seine markerschütternden Schreie. Mir gefriert das Blut in den Adern, als ich den armen Kerl blutend am Baum hängen sehe. Ich fühle seinen Schmerz.

„TÖTET DEN KEY!", schreien die Schatten. Ich halte mir die Ohren zu. Ich kann diese Schreie nicht ertragen.

„Er schwebt", flüstert Raxia und deutet zum Himmel. Meine Augen folgen ihrem Finger. Ich erkenne eine leuchtende Kugel vor dem Blutmond.

„Ist das seine Seele?"

Sie nickt entschlossen. „Sie ist aus seinem Körper gefahren. Wir werden jetzt angreifen."

„Endlich."

Noch nie waren wir uns so einig wie jetzt.

KAPITEL 2

Der Kampf gegen die Schatten beginnt. Raxia und ich machen uns bereit. Wir nutzen dazu die Besonderheit des Blutmondes, der die Lichtung erhellt.

„Wir werden jetzt miteinander verschmelzen", erklärt sie. Ich nicke ernst.

„Sag mir, was zu tun ist."

„Durch die Energie, die uns durch den Blutmond zuteilwird, können wir unsere Seelen verbinden. Unsere Kraft wird dadurch verdoppelt."

„Geht das wieder rückgängig zu machen? Nicht, dass wir dann für immer eins ergeben. Das will ich auf keinen Fall."

„Denkst du, ich will das für immer? Sobald unsere Energie unter eine gewisse Grenze fällt, trennen sich unsere Seelen von allein. Wir müssen nur aufpassen, dass uns das nicht während des Kampfes passiert."

„Gut." Ich breite meine Arme aus. Sie nähert sich und legt ihre Hände an meine Brust. Ihr Blick bleibt gesenkt. Sie schließt die Augen. Ich halte in der Zeit still und warte ab, ob die Energie des Blutmondes uns tatsächlich verschmelzen lässt. So wirklich kann ich mir das nicht vorstellen.

Raxia leitet ihre Energie über ihre Hände in meine Brust. Der Schein des Blutmondes umhüllt uns. Ich fühle eine brennende Hitze in meinem Herzen. Erschrocken kneife ich die Augen zu. Als ich sie vorsichtig wieder öffne, ist Raxia weg.

x |Sehr gut.| x Ich höre ihre Stimme in meinem Körper. Gänsehautfeeling. Ist das abgefahren.

„Bist du das Raxia?"

x |Ja, wer sonst?| x Ich könnte schwören, Raxia rollt gerade genervt mit den Augen.

x |Pass auf, Milan. Du kannst jetzt auch über meine Energie verfügen. Setze sie jedoch sparsam ein, damit unsere Verbindung den gesamten Kampf übersteht. Ich werde dir von hier drinnen helfen. Wundere dich nicht, wenn sich dein Körper vielleicht mal von allein bewegt. Das bin dann ich.| x

„Wie soll ich denn kämpfen, wenn mir mein Körper nicht gehorcht? Wie hast du dir das vorgestellt?"

x |Vertrau mir. Und jetzt hör auf zu reden, sonst bemerkt uns noch jemand.| x

‚Ich kann das langsam nicht mehr hören.' geht es mir durch den Kopf

x |Das kann ich wahrnehmen, also sei vorsichtig mit deinen Gedanken.| x

x |Ist das jetzt immer so?| x Ich versuche das irgendwie stärker zu denken.

x |Das ist Telepathie. Mit ein bisschen Übung kann man die reinen Gedanken und die Kommunikation trennen.| x

x |Und wie geht das?| x

Plötzlich ertönt ein Geräusch. Wir haben die Aufmerksamkeit des Schattens geweckt, der mit dem schwarzen Dolch Emilio massakrierte. Er hat sich von den anderen entfernt, um zu unserem Versteck zu kommen. Er ist allein.

„Wer bist du?!", schreit der Mann bedrohlich.

„Ich bin dein Untergang, du verdammtes Monster", antworte ich wütend.

x |Folge deinem Unterbewusstsein. Den Rest erledige ich.| x

x |Geht klar. Lass sie uns alle fertigmachen| x, denke ich entschlossen und stürze mich in den Kampf.

„Was zum …!"

Raxia hat meinen Körper direkt vor den Kerl teleportiert. Der Typ starrt mich mit großen Augen an. Auf seinem bösartigen Gesicht fallen mir die Blutspritzer auf. Seine Robe und seine Hände sind mit Emilios Blut beschmiert.

Ich höre Raxia etwas sagen und gleich darauf halte ich eine Energiewaffe in meinen Händen. Die blutrote Sense leuchtet gefährlich und liegt schwer, aber nicht zu schwer in meiner Hand. Von ihrer Schneide tropft Blut, welches verdampft, bevor es auf den Boden fällt. ‚Du kannst ja krasse Sachen, Raxia.'

x |Töte ihn. Lass dich nicht von unseren Gegnern treffen. Wir müssen Pirk so schnell wie möglich ausschalten. Für eine langsame Strategie reicht unsere Energie nicht aus.| x

Ich setze mit der Sense zum Schlag an. Noch ehe er reagieren kann, schlage ich ihm den Kopf von den Schultern. Der Geruch des Todes breitet sich in der Luft aus. Ich muss würgen. Zitternd gehe ich einen Schritt zurück. Mir ist eiskalt. Meine Lippen beben und mein Magen dreht sich um.

x |Milan, reiß dich zusammen!| x

Ich bin nicht in der Lage, ihr zu antworten. Mein Blick haftet gebannt auf dem regungslosen Körper am Boden. Schatten hin oder her – der Typ war kein Toter wie Raxia und ich. Sein irdischer Körper besteht aus Fleisch und Blut. Ich habe gerade einen Menschen zerschnitten.

x |Beruhige dich. Du verbrauchst zu viel Energie. So werden wir es nicht schaffen, alle zu besiegen.| x

„Er war lebendig …", stotterte ich paralysiert. Mir knicken die Beine ein. Die Sense löst sich auf. Ich falle auf den Hintern. Meine Hände krallen sich zitternd in das gefrorene Laub am Boden. Ich habe Angst.

x |Bitte entspann dich. Du hast nichts falsch gemacht.| x

x |Ich habe nichts falsch gemacht? Ich habe gerade einen lebendigen Menschen … Du hast gesagt, es gibt keine lebenden Schatten.| x

x |Er war besessen. Wenn du ihn nicht getötet hättest, wäre er von Malums Untergebenen spätestens nach dem Ritual ermordet und zu einem vollendeten Schatten gemacht worden. Im Prinzip hast du seine Seele gerettet, obwohl dieses Monster das nicht verdient hat.| x

x |Jetzt klebt Blut an meinen Händen. Das ist nicht witzig. Auch wenn der Scheißkerl es verdient hat, – ich will keine Menschen töten. Jetzt habe ich doch gegen eine der albernen Regeln verstoßen.| x

Raxia erzählte mir während des Trainings von den drei Regeln, die für alle Reisenden gelten.

1. Behalte die Wahrheit über die Welt für dich.
2. Setze deine Kraft nur im Notfall ein.
3. Töte keine Lebenden mit Absicht.

Wer auch nur eine dieser Regeln bricht, wird hart bestraft.

x |Die 3. Regel gilt nur für unschuldige Menschen. Er hier war ein Schattenanwärter und unser Feind. Das ist etwas anderes. Jetzt steh wieder auf, nimm dir seinen Dolch und erledige die Restlichen von ihnen. Wir haben nur noch ein paar Minuten, bis sich unsere Verbindung auflöst. Außerdem wird Emilio bald an seinen Verletzungen sterben. Seine Seele leuchtet immer schwächer. Beeil dich, sonst war alles umsonst.| x

x |Ich kann das nicht. Ich kann nicht noch einen Menschen töten, ganz egal, ob er ein Schatten wird. Ich hab Angst. Sieh dir dieses Blutbad an.| x

Raxia übernimmt ungefragt die Kontrolle über meinen Körper und lässt mich aufstehen. Sie tritt in meiner Gestalt neben den Toten, um den schwarzen Dolch aufzuheben.

x |Der gehört dem Kerl in der roten Robe. Wenn es uns gelingt, ihn zu beseitigen, können wir Malum großen Schaden zufügen.| x

x |Ich töte keine Menschen mehr.| x

x |Der ist bereits vor 2.000 Jahren gestorben. Gegen ihn zu gewinnen wird hart, obwohl das Ritual hoffentlich einen Großteil seiner Kraft verbraucht hat.| x

Raxia zu widersprechen wäre sinnlos. Sie interessiert sich nicht für meine Meinung. Mit Leichtigkeit behält sie die Kontrolle über meine Bewegungen. Sie stürmt auf direktem Weg auf die Lichtung. Den schwarzen Dolch schleudert sie zielsicher in die Brust des Schattens, welcher die Frau angezündet hatte. Er schreit und blickt verwundert an sich herab. Die anderen Anwesenden um ihn herum halten Abstand. Entsetzt starren sie auf den Dolch in seiner Brust. Spätestens jetzt haben wir alle Aufmerksamkeit auf uns.

x |Der blutet nicht.| x

x |Das ist wahrscheinlich ein Phantom-Schatten. Die sind selten und besitzen magische Kräfte.| x

„Magie?"

x |ACHTUNG, MILAN!| x

Raxia bremst meinen Körper abrupt ab. Mir zieht es wegen des glatten Bodens die Füße weg. Im selben Moment schwirrt eine Klinge über meinen Kopf. Sie scheint aus Wasser zu bestehen und löst sich noch während sie durch die Luft fliegt auf. Ängstlich sehe ich ihr nach. Das verdammte Ding hätte mir beinahe den Kopf von den Schultern geschnitten.

x |Das war knapp! Tareks Klinge hätte dich fast erwischt. Beeilung! Unsere Energie schwindet.| x

Ich komme nicht dazu, Raxia in meinen Gedanken zu antworten, da ich bereits weiteren Angriffen ausweichen muss. Der Wächter vom Totensee steht in seiner grauen Kutte mit heruntergelassener Kapuze direkt vor mir. Er grinst mich breit aus seinem schmalen Gesicht hinter den schwarzen Stirnfransen an.

„Es ist unhöflich, eine so wichtige Versammlung zu stören", bemerkt Tarek schelmisch. Ich beiße die Zähne zusammen und stehe vom Boden auf. Meine Sense ist wieder in meinen Händen. Als ich ihr Gewicht spüre, fühle ich Angst. Ich möchte niemanden mehr töten. Der Schock sitzt mir noch tief in den Knochen. Aber wenn ich jetzt versage, wird Emilio sterben und ein Schatten werden. Das darf ich nicht zulassen.

„Dann sterbt alle, damit die Sache hier schnell vorbei ist", schreie ich Tarek entgegen und starte meinen Angriff. Ich renne auf ihn zu und erhalte fliegende Wasserklingen als Antwort. Raxia lässt meinen Körper mithilfe von Teleportationen ausweichen. Wir nähern uns dem Wächter des Totensees, bis die anderen Schatten sich dazu entschließen, sich in den Kampf einzumischen. Sie stürmen auf mich zu. Ich starre sie panisch an und unterbreche meinen Angriff auf Tarek.

x |Scheiße. Raxia, tu etwas!| x

x |Setz dich und schließ die Augen. Leite deine ganze Energie aus deinem Körper. LOS!| x

Ängstlich kauere ich mich auf dem Boden zusammen, ziehe den Kopf ein und versuche, die Energie aus meinem Inneren nach draußen abzusondern.

x |Warte, lass sie noch etwas näher kommen.| x

x |Ich kann nicht mehr.| x

x |Warte noch …| x

x |Gott, was für eine Scheiße. Ich will hier nicht draufgehen.| x

x |Jetzt!| x

Ich gehorche ihr. Explosionsartig schießt meine Energie als strahlende Welle aus meinem Körper, die alle anwesenden Angreifer gleichzeitig erfasst. Sie fangen an zu schreien und werden zurückgeschleudert. Auch Tarek kann meinen Angriff nicht abwehren. Ungebremst frisst sich meine Energie durch seine Aura, bis er sich in Luft auflöst. So ergeht es auch den anderen. Sie werden von meiner Kraft verschlungen. Die noch lebenden Körper halten die Unmenge an Energie nicht aus und verbrennen. Die Luft ist erfüllt von Todesschreien.

x | Genug Milan. Hör auf. Es ist vorbei. | x

Meine Energie löst sich auf. Der Angriff ist beendet. Der Blutmond hat seine rote Farbe verloren. Raxia steht erschöpft neben mir. Sie hat meinen Körper wieder verlassen. Wir stehen inmitten eines Haufens von verbrannten Leichen. Es ist totenstill. Ich sinke benommen zusammen. Mir kommen die Tränen, als ich das Schlachtfeld sehe.

„Der wichtigste Schatten ist entkommen", seufzt Raxia resigniert. Sie legt tröstend eine Hand auf meine Schulter und scheint nicht geschockt. „Kopf hoch, Milan. Du hast getan, was du konntest."

„Sie sind tot", stammle ich benommen. „Ich habe sie alle umgebracht. So viele Menschen." Es liegen bestimmt um die dreißig Leichen auf dem Boden. Ich habe sie alle während eines Augenblicks getötet.

„Milan, hör auf zu weinen. Du brauchst kein schlechtes Gewissen zu haben. Diese Menschen wären alle zu seelenlosen Schatten geworden. Du hast sie mit ihrem Tod erlöst. Die Verbindung ihrer Seelen mit Malum wurde durchtrennt. Sie können als unschuldige Lebewesen wiedergeboren werden."

„Aber …" Ich knie im Schlamm. Meine Energiewelle hat den Frost aus dem Boden vertrieben. Der nasse Schmutz kriecht meinen Körper hoch. Heulend starre ich meine zitternden Hände an. An ihnen klebt kein Blut, obwohl so viele Menschen durch mich gestorben sind. Ich bin ein Monster. Plötzlich fühle ich Raxia an mir. Sie hat sich neben mich gekniet und umarmt mich.

„Du hast alles richtig gemacht", flüstert sie mitgenommen.

Schwerfällig wische ich mir die Tränen weg.

„War das ein Lob?"

„Sowas in der Art." Sie wendet sich von mir ab, um zu der verkohlten Leiche der Frau zu gehen.

„Du wirst bald wieder da sein. Ich verspreche es dir." Ihre Hände schweben über dem leblosen Körper und lassen ihn leuchten. Keine Sekunde später ist die verkohlte Leiche verschwunden.

„Wo ist sie hin?"

„Ich habe ihren Körper in seine Bestandteile zersetzt. Das beschleunigt ihre Wiedergeburt. Sie soll so schnell wie möglich wieder leben dürfen und den Feuertod vergessen."

„Du hast ja doch ein Herz."

„Natürlich. Glaubst du etwa, mich lässt das alles hier kalt?" Bedrückt geht sie an mir vorbei zu Emilio. Er hängt blutend und bewusstlos am Baum. Der Anblick ist gruselig.

„Komm her und bring es zu Ende."

„Das ist jetzt nicht dein Ernst. Raxia ich …"

„Doch. Wenn du es nicht tust, wird er in ein paar Minuten sterben und ins Schattenreich wandern. Seine Seele ist dann für immer verloren. Du musst ihn retten. Und mit ihm die Welt."

„Ich kann das nicht."

„Milan, bitte! Ich hole in der Zwischenzeit seine Seele."

Sie rennt zum Ende der Lichtung. Ich bleibe allein mit meiner Entscheidung zurück, ihrem Drängen nachzugeben. Dabei stecke ich gewaltig in der Zwickmühle. Glaube ich Raxia? Will ich den Jungen retten? Kann ich das überhaupt noch? Ich starre auf meine Hände. Sie zittern nicht mehr, aber stark fühle ich mich trotzdem nicht. Mir geht einfach zu viel durch den Kopf. Das Ritual, die Frau, die unfassbare Grausamkeit, die mir hier begegnet ist – diese Erinnerungen haben sich fest in meine Seele eingebrannt.

Genau wie Emilios Schreie.

„Los! Ich habe seine Seele."

Raxia reißt mich aus meinen Gedanken. Mit verschlossenen Händen kommt sie zu mir zurückgelaufen. Sie öffnet sie einen winzigen Spalt. Ich entdecke zwischen ihren Fingern ein schwaches Schimmern.

„Wir haben nicht mehr viel Zeit." Mich trifft ihr aufrichtiger Blick, der mich seufzen lässt.

„Mein Karma ist eh im Arsch." Schweren Herzens trete ich an Emilio heran. „Scheiße …"

Ich sehe in sein Gesicht. Ihm hängen die braunen Haare in die Augen, sodass ich kaum etwas erkennen kann. Ist vielleicht auch besser. Jemanden ohne Gesicht zu töten, lässt sich bestimmt leichter verdrängen. Wortlos packe ich seinen Hals. Er fühlt sich eiskalt und zerbrechlich an.

„Er ist tot." Raxias Stimme ist so laut, dass ich vor Schreck zusammenzucke. „Seine Seele hat sich von seinem Körper getrennt. Du kannst aufhören."

Steif nehme ich meine Hände von ihm.

„Los. Wir kehren ins Nichts zurück, damit ich ihn zurückholen kann. Wir dürfen keine Zeit verlieren."

„Was stehen wir dann hier noch rum?"

KAPITEL 3

Nachdem wir Emilios Seele davor bewahren konnten, ein Schatten zu werden, kehren Raxia und ich umgehend ins Nichts zurück.

Wir unterrichten Meister Fatum von unserer erfolgreichen Mission. Das ist das zweite Mal, dass ich der fetten Echse gegenüberstehe. Mittlerweile empfinde ich jedoch keine Achtung mehr vor ihm. In meinen Augen hat er Schuld an dem Elend, welches wir die letzten Stunden durchmachen mussten. Aber ihm ist mein Zustand egal. Er gibt uns direkt den nächsten Auftrag: „Lasst den Jungen zu einem Reisenden werden und rekrutiert ihn in das Team."

Raxia ist zufrieden mit unserer Arbeit. Ich habe sie selten so erleichtert erlebt. Mir hingegen geht es auch mit der neuen Aufgabe nicht besser. Schon die ganze Zeit starre ich meine Hände an. Ich kann nicht begreifen, was ich getan habe. Gleichzeitig driften meine Erinnerungen ab. Ich denke an meine Auferstehung zurück, während ich stumm hinter Raxia zum Portal schwebe. Sie bringt Emilios Seele zu der Stelle, weil sie dort ihre Energie am besten bündeln kann. Ich vertraue auf ihr Wissen und schaue zu, was passiert. Irgendwie passt es mir nicht, dass wir dem Jungen jetzt dasselbe Schicksal auferlegen, wie es uns angetan wurde. Sicher wäre es ihm auch lieber, wiedergeboren zu werden und sich an nichts mehr erinnern zu können.

„Für einen Sechzehnjährigen ist Emilios Seele wirklich extrem stark", staunt Raxia.

„Aha."

Sie hält seine Seele in ihren Händen, welche sehr hell leuchtet, was auf seine große Aura zurückzuführen ist. Emilio muss während seines Lebens extrem gelitten haben. Darauf muss man beim besten Willen nicht neidisch sein.

„Hältst du ihn bitte?"

„Häh? Ich? Warum?"

„Ich brauche meine Hände beide und will seine Seele nicht im Nichts treiben lassen."

„Okay, wie soll ich ihn denn halten?"

„So wie ich. Form deine Hände zu einer Schüssel."

Ich komme ihrer Forderung nach.

Schweigend halte ich still und beobachte Raxia, wie sie Emilios Seele in meine Handflächen bettet. Augenblicklich spüre ich eine starke Kraft. Mir wird heiß. Meine Hände fühlen sich an, als würden sie brennen. Ohne Schmerz. Ein seltsames Gefühl.

„Okay. Dann werde ich ihn jetzt rufen."

„Beeil dich bitte. Eine Seele zu halten ist nicht wirklich angenehm."

„Das ist das Feuer seiner Aura. Sei nicht so eine Memme."

Ein bisschen bin ich gespannt, was mich gleich erwarten wird. Ich rechne mit viel Licht und Tamtam. Schließlich haben mich der Lichtschein und Raxias Hand bei meiner Rückkehr auch total fasziniert. Ich war viel zu neugierig, um das Angebot nicht anzunehmen. Hoffen wir, dass es Emilio jetzt ebenfalls so geht, sonst war alles umsonst.

„Emilio." Raxia berührt mit ihren Fingerspitzen seine leuchtende Seele. „Emilio, antworte mir." Verwirrt sehe ich sie an.

„Ist das alles?"

„Pscht. Ich muss mich konzentrieren."

„Das ist nicht die große Auferstehung, oder? Du tippst seine Seele an und rufst seinen Namen?"

„Mehr gehört nicht dazu. Aber irgendwie bekomme ich keine Verbindung."

„Vielleicht ist der Typ klüger als ich und lehnt dein Angebot ab."

„Das ist nicht witzig." Raxia schließt wieder ihre Augen und ruft ihn erneut. Doch er ignoriert sie weiterhin. Unschuldig liegt seine Seele in meinen Händen.

„Das ist nicht normal", sagt sie eingeschüchtert. „Es hat sich mir noch keine Seele verweigert. In all den Jahrhunderten ist es nicht einmal vorgekommen, dass ich einen Auserwählten nicht zurückholen konnte."

„Du hast doch gesagt, jeder hat die Wahl. Offensichtlich ist der Typ nicht der Meinung, zurückkehren zu wollen. Das müssen wir wohl akzeptieren."

„Nein. Das können wir nicht zulassen. Wenn er wiedergeboren wird, werden ihn die Schatten erneut jagen. Sie werden so lange hinter ihm her sein, bis sie ihn bekommen."

„Dann sollten wir ihnen das nächste Mal einfach einen Strich durch die Rechnung machen, bevor seine Seele gequält wird."

„So viel Zeit haben wir nicht mehr. Mit jeder Wiedergeburt wird Emilios Seele schwächer. Holen wir ihn jetzt nicht zu uns, verliert er seine Macht als Key. Ohne ihn können wir Malum nicht besiegen."

„Nicht deine Entscheidung", antworte ich und gebe Raxia die Seele des Jungen zurück. Notgedrungen greift sie zu, sodass ich meine Hände wieder frei habe. Eine Seele zu halten ist anstrengend.

„Sieh der Wahrheit ins Auge. Emilio hat die Schnauze voll von dieser Welt. Wer kann es ihm auch verübeln?"

„Wir dürfen nicht aufgeben!"

„Was sollen wir denn machen? Er will nicht. Ich für meinen Teil akzeptiere seine Entscheidung. Es wird mir sogar eine Freude sein, sie der fetten Echse mitzuteilen. Hat sich tatsächlich jemand gefunden, der nicht das macht, was Fatum von ihm verlangt. Ich kann es nicht erwarten, unserem *Meister* diese Nachricht zu überbringen."

„Und du glaubst, Meister Fatum lässt Emilio dann einfach so ziehen?"

„Was soll er denn sonst machen? Offensichtlich kann man niemanden zwingen, sich in seiner Armee aufstellen zu lassen."

„Nein, aber Fatum würde es niemals riskieren, Emilios Seele einer weiteren Wiedergeburt durch den Energiestrom auszusetzen."

„Ich denke, das ist ein Naturgesetz? Dem kann sich auch die arrogante Eidechse nicht entziehen."

„Nein, das kann er nicht. Aber er kann Emilios Seele in ein Glas der Quälerei stecken, um ihn dort auf ewig gefangen zu halten. Somit fällt er nicht in die Hände der Schatten und Fatum kann in Ruhe den anderen Key suchen, nachdem er ihn in dir nicht gefunden hat."

„Ich dachte, die Quälerei sei euer Gefängnis. Er hat doch gar nichts verbrochen."

„Nur dort kann Fatum seine Seele konservieren, widersteht Emilio weiterhin der Auferstehung. Und ich glaube kaum, dass du ihm seine schlimmsten Erinnerungen in Endlosschleife bis in alle Ewigkeiten zumuten möchtest. Das würde mich doch stark wundern."

„Diese verdammte Echse." Wütend balle ich meine Fäuste. „Er kann Emilio das nicht antun. Das lasse ich nicht zu. Der Junge kann selbst entscheiden, was er will. Er ist ein freier Mensch."

„Kein Mensch ist wirklich frei. Sie alle unterliegen dem System der Schatten, welches wir durchbrechen müssen."

„Vielleicht bittest du Emilio noch mal höflich. Wenn er dich wieder ignoriert, kannst du ihm ja mit der Quälerei drohen. Das wird ihn sicher überzeugen."

„Nein. Aber vielleicht kannst du es ja versuchen."

„Ich?"

„Ja. Was soll schon passieren? Alles ist besser als die Quälerei. Los. Ich halte seine Seele. Leg deine Fingerspitzen an sie, bis du ein Kribbeln in deinem Körper fühlst. Dann konzentrierst du dich und rufst seinen Namen. Vielleicht versuchst du es auch mal mit seinem Familiennamen Marino."

„Emilio Marino – klingt irgendwie italienisch."

Raxia hält mir Emilios Seele unter die Nase. Vorsichtig berühre ich sie mit den Fingerspitzen.

„Nimm beide Hände, damit die Verbindung stabiler wird."

Ich lege auch die fünf Finger meiner linken Hand an seine Seele. Ich fühle ein Kribbeln. Es fließt durch meine Finger und breitet sich in meinem kompletten Körper aus. Mir wird heiß. Erschrocken nehme ich meine Hände weg und gehe auf Abstand.

„Was hast du?", fragt sie verwirrt.

„Das ist ja abartig. Es hat sich angefühlt, als würde mein Körper brennen."

„So heftig? Dann habt ihr eine gute Verbindung. Mach weiter. Ich wette, auf dich wird er reagieren."

„Spinnst du? Das hat wehgetan."

„Fass ihn an, sonst stecke ich dich in die Quälerei."

„Der Kleine weiß ganz genau, warum er dich ignoriert", knurre ich beleidigt.

Trotzdem berühre ich seine Seele erneut mit meinen Fingerspitzen. Sofort kribbelt es wieder überall. Diesmal bin ich gewillt, dem ekelhaften Gefühl die Stirn zu bieten. Ich rufe laut seinen Namen, damit ich ihn endlich wieder loslassen kann. Sein Vorname ist kaum ausgesprochen, als ich plötzlich von Finsternis umgeben bin. Überall ist Schwarz, dass mir vertraut vorkommt. Es ist die unendliche Ewigkeit, in der ich nach meinem Tod umhertrieb. Verwirrt suchen meine Augen nach irgendeiner Orientierung, bis ich Emilio entdecke. Er schwebt unter mir. Sein Körper ist intakt. Das erleichtert mich. Ich hatte Angst, er würde immer noch blutend am Baum hängen. Mit neuem Mut will ich zu ihm gleiten, um ihn aufzuwecken. Jedoch kann ich mich nicht bewegen. Mein leuchtender Körper steckt in der Unendlichkeit fest. Im ersten Moment bekomme ich Panik und rudere wie verrückt mit den Armen. Raxias Worte kommen mir dabei wieder in den Sinn. Ich muss Emilio rufen. Eine Auferstehung kann nur freiwillig geschehen. ‚Du hast meine Hand gegriffen, Milan.' – Ja, ich muss ihn dazu bringen, zu mir zu kommen. So wie ich, als ich damals Raxias Hand packte, die sich mir aus dem Licht entgegenstreckte. Doch damit das geht, muss er mich erst mal bemerken.

„Emilio. Emilio Marino. Hörst du mich? Ich bin hier. Sieh zu dem Licht." Ich fuchtle mit meinen Armen, um auf mich aufmerksam zu machen. Dadurch scheint meine Energiegestalt heller.

Da.

Er hat geblinzelt. Ich muss weiter mit den Armen wedeln. Weiter. Hier bin ich!

x |Verschwinde, du blödes Licht. Lass mich in Ruhe.| x

War das seine Stimme? Ich strecke ihm meine Hand entgegen, damit er meine Absicht begreift.

„Emilio, komm her", rufe ich und warte, was passiert.

Diesmal erhalte ich keine freche Antwort. Stattdessen hebt er seine Hand und versucht meine Finger zu greifen.

x |Ich will in das Licht.| x

x |Ja, reich mir die Hand. Los, noch ein Stück.| x

Wir berühren uns. Ich packe ihn, sobald er nah genug an mir dran ist. Schlagartig kocht mein Körper. Die Hitze breitet sich überall aus, bis ich die Kontrolle über mich verliere. Die Veränderung kommt so plötzlich, dass ich keine Zeit habe, alles zu begreifen. Als ich die Augen wieder aufschlage, sehe ich die beiden vor mir.

„Du hast es geschafft", jubelt Raxia erleichtert.

Überfordert sehe ich zu Emilio. Er sitzt zusammengesunken und leicht schräg im Nichts. Schwerfällig stehe ich auf, um ihn zu begrüßen, aber Raxia hält mich davon ab. Sie stellt sich schützend vor ihn. „Gib ihm Zeit. Er erlebt gerade alle Erinnerungen seines Lebens noch einmal."

„Warum?"

„Das gehört dazu. Seine Aura ist zu groß, um einfach so zurückzukommen."

Seufzend wende ich mich ab. Irgendwie bin ich enttäuscht - und erschöpft. Die Auferstehung war anstrengender, als ich dachte. Als sich unsere Hände berührten, fühlte es sich vertraut an, obwohl ich ihn nicht kenne. Das ist komisch.

Emilio sitzt bereits seit einer Ewigkeit regungslos mit umschlungenen Beinen im Nichts. Er starrt vor sich hin und gibt keinen einzigen Ton von sich. Um ehrlich zu sein, habe ich nach einer gewissen Zeit mit einem markerschütternden Schrei wie im Wald gerechnet. Doch es dringt kein Laut aus seiner Kehle. Wie viele Stunden wohl bereits vergangen sind? Ich habe keine Ahnung. Im Nichts gibt es ja keine *echte* Zeit, also Tag und Nacht oder eine Uhr. Ich kann mich nur auf mein Gefühl verlassen. Und das verrät mir, dass mir bald die Geduld ausgeht.

Als hätte er meine Ungeduld gespürt, bewegt er sich plötzlich. Seine verkrampften Arme lösen sich von seinen Beinen. Emilio schaut auf. Direkt neben ihm sitzt Raxia.

„Hallo, Emilio", begrüßt sie ihn freundlich. „Es ist schön, dass du zurück bist." Er scheint kein einziges Wort zu verstehen. „Du musst keine Angst haben. Du bist hier in Sicherheit. Wir haben dich zurückgeholt, nachdem du gestorben bist."

Er beginnt zu zittern.

„Das ist alles sehr viel, ich verstehe das", seufzt sie. „Dein komplettes Weltbild ist erschüttert. Aber jetzt weißt du, dass der Tod nicht das Ende ist."

Nach dieser Bemerkung herrscht Stille. Weder Raxia noch ich wissen, was wir in der Situation sagen sollen. Emilio wirkt total schockiert. Um sich von uns abzuschirmen, hat er sein Gesicht hinter den Händen versteckt. Er zittert erbärmlich, gibt aber immer noch keinen Laut von sich. Das beunruhigt mich. Ich frage mich, warum er nicht heult. Es muss doch furchtbar sein, mit seinen Erinnerungen zu leben. Oder steht er unter Schock?

Raxia räuspert sich. „Emilio, verstehst du, was ich gesagt habe?", fragt sie vorsichtig, aber bekommt keine Antwort.

„Stimmt etwas nicht mit ihm?", möchte ich wissen.

Sie hebt die Schultern. „Hm, das kenne ich nicht. Bisher brachen bei allen, die ich auferstehen ließ, tiefe Emotionen los, nachdem sie zurück waren."

„Hab ich was falsch gemacht?"

„Nein, ich denke nicht. Vielleicht braucht er einfach noch ein bisschen mehr Zeit, bis sich seine Seele an die Wiederkehr gewöhnt hat."

„Hm, okay", seufze ich ungeduldig. „Dann müssen wir wohl noch länger warten."

KAPITEL 4

Raxia behält Recht. Emilio braucht seine Zeit. Im Gegensatz zu mir hat der Kleine keine Probleme, mit seinem Energiekörper im Nichts zurechtzukommen. Allerdings ist Emilio der unsicherste Mensch, der mir jemals begegnet ist. Schon ein Blick von mir kann ihn in Angst und Schrecken versetzen. Auch laute Geräusche machen ihm Angst. Der Typ ist echt kaputt. Ich will lieber gar nicht wissen, was diese Monster ihm alles angetan haben.

Nichtsdestotrotz habe ich das Gefühl, dass er mich nicht leiden kann. Ich war froh, nicht mehr allein mit Raxia zu sein. Endlich ein zweiter Kerl, der unsere Männerfront verstärkt. Pustekuchen. Raxia hat einen Narren an Mio gefressen. Sie betüdelt ihn, als wäre er ihr süßer kleiner Schoßhund. Fehlt nur noch, dass sie ihm ein Schleifchen ins Haar bindet. Mio hier, Mio da.

‚Mio ist viel fleißiger als du, Milan.

Mio kann schon so eine große Energiekugel bündeln.

Mio wird bald mit uns auf die erste Mission gehen können.

Schneid dir 'ne Scheibe von ihm ab.'

Blablabla.

Ich komme mir überflüssig vor. Diese dumme Kuh beschäftigt sich nur noch mit ihrem blöden Crush. Dabei ist Mio nicht fleißiger als ich.

Er hat nur einfach zu viel Schiss, sich Raxias Übungseinheiten zu widersetzen.

Verärgert lasse ich meinen Blick durch das Nichts wandern. Diese trostlose Umgebung geht mir gewaltig auf den Senkel. Ich habe es so satt. Caros Geschenk habe ich auch noch nicht öffnen können. Das geht erst, wenn ich wieder in der Menschenwelt bin.

„Super, Mio", jubelt Raxia und gibt Applaus. „Jetzt löse den Energieball von deinem Körper und lass ihn schweben. Ja, genau so. Super! Milan, hast du das gesehen?"

„Ja", motze ich. „Der Kleine kann einen Ball hochwerfen. Uiii, toll."

„Milan, ich glaube, du nimmst das Training nicht ernst."

„Doch, total. Siehst du?" Ich mache ebenfalls einen Energieball. Er wird doppelt so groß wie der von Mio. Ich will ihn ärgern, weil der Stinker schon wieder ein Lob von Raxia kassiert hat. Zu mir war sie gefühlt nie so nett, als ich diese Übungen machen musste – und mittlerweile kann ich sogar dieses blöde Energiekneten richtig gut!

Mio interessiert sich nicht für meine Darbietung. Der Kleine hat viel zu viel Schiss, als mit irgendjemanden in einen Wettkampf treten zu wollen. Doch ich will meiner Eifersucht freien Lauf lassen. Grinsend werfe ich den Energieball auf ihn. Soll der Musterschüler doch mal sehen, wie er den abfangen kann. Diese Übung war während des Trainings noch nicht dran.

„Milan", faucht Raxia aufgeregt, als sie meinen heimtückischen Angriff realisiert. Sie will dazwischengehen und die Energie von ihm ablenken, jedoch benötigt er keine Hilfe bei der Abwehr.

Mio nimmt meinen Energieball mit der Brust an, raubt ihm den Schwung und kickt ihn mit dem Fuß zu mir zurück. Raxia klappt die Kinnlade runter.

„Okay, du kleiner Scheißer", grinse ich. „Die Herausforderung ist angenommen." Ich nehme den Ball und dribble ihm entgegen. Er versucht ihn mir abzunehmen. Er ist abgelenkt und sein Blick birgt zur Abwechslung mal keine Angst. Mit Leichtigkeit macht er mir den Ball abtrünnig.

„Was tut ihr denn da?", fragt Raxia verwirrt. Sie beobachtet uns aus sicherer Entfernung, als wir wie kleine Kinder den Energieball durch das Nichts treten. Mio kennt dabei keine Gnade. Er klaut mir immer wieder den Ball und kontert sogar, wenn ich ihn festhalte.

„Du gewinnst nicht."

„Bist du dir sicher?"

„Du kannst ja doch sprechen. Dort - bei Raxia ist das Tor."

Wir kicken den Ball noch ein paar Mal hin und her, als Mio ihn mir klaut und zielstrebig Richtung Raxia tritt. Sie kreischt laut und geht in Deckung. Der Ball saust direkt über ihren Kopf.

„AHHH. Spinnt ihr?!"

Entsetzt dreht sie sich um. Der Energieball ist nicht mehr zu sehen. Mios Tritt war so gewaltig, dass der Ball wahrscheinlich immer noch fliegt. Wo sollte er auch landen?

„Wah, wie geil", lache ich und klopfe ihm auf die Schulter.

Mio lächelt mich an.

Als sich unsere Blicke treffen, wird er auf einmal ganz verlegen und entfernt sich sofort von mir. Beschämt schaut er zu seinen Füßen.

„Ihr habt sie doch nicht mehr alle", meckert Raxia. Sie ist immer noch total durch den Wind, weil Mio ihr beinahe den Kopf von den Schultern geschossen hat.

„Was ist das denn für ein Training? Ihr sollt nicht spielen."

Das ist die Idee!

Euphorisch drehe ich mich zu Mio um. Er weicht erschrocken zurück.

„Pass auf: Wir basteln uns jetzt den ultimativen Fußball." Ich mache einen neuen Ball aus meiner Energie. Er hat wieder die maximale Größe, die ich zustande bekomme. Jetzt fehlen nur noch ein paar Zentimeter im Durchmesser und wir haben einen originalgetreuen Fußball.

„Mach du auch einen Energieball", fordere ich und halte ihm meinen vor die Nase. „Den packst du dann hier dazu."

„Das-das kann schiefgehen", wirft Raxia erschrocken ein. „Wenn eure manifestierten Auren sich abstoßen, könnte es eine Explosion geben."

„Ach, das passiert schon nicht", antworte ich locker. „Los. Sobald unser Ball perfekt ist, ärgern wir Raxia ein bisschen." Mio denkt schweigend über meinen Vorschlag nach. Seine Augen fixieren mich unsicher und ich weiß nicht, ob er bei meiner Idee mitmacht. Vielleicht gibt er klein bei und tanzt nach Raxias Pfeife.

„Milan! Emilio! Hört sofort auf mit dem Mist. Das kann echt böse enden."

„Komm, Mio", flüstere ich ihm ins Ohr. „Du willst sie doch auch ein bisschen ärgern. Das seh ich dir an."

„MILAN! Was sagst du ihm da? Lass das sein." Verschwörerisch halte ich ihm den Energieball vor die Nase. Er schluckt.

„Los. Verbünden wir uns und schießen ein paar Tore gegen Raxia."

Ich werfe ihm meinen Ball zu. Er fängt ihn in den Händen und lächelt. Scheinbar ist seine Liebe zum Fußball stärker als seine Angst.

„Milan, du kannst den Mist lassen. Ob eure Auren kompatibel sind, müssen wir vorsichtig … OH MEIN GOTT, MIO! Was tust du da?"

„Ja, Kleiner. Jetzt ist er groß genug. Los, schieß her. Wir spielen die Gewitterhexe da drüben aus."

Voller Begeisterung kicken wir uns den Ball abwechselnd zu, während wir auf Raxia zulaufen. Sie hält panisch die Hände vor das Gesicht.

„Hört auf! Das ist gefährlich!", kreischt sie.

„Pass auf dein Tor auf."

„Lasst das. AHHH!"

Ich passe zu Mio, damit er Raxia den Ball wieder so schön wie vorhin um die Ohren hauen kann. Das macht er auch direkt. Unsere Energiekombi fliegt haarscharf an ihrer rechten Wange vorbei. Sie sackt fassungslos zusammen und starrt uns an.

„Ja, wieder ein Tor!" Freudestrahlend halte ich Mio meine Hand für ein High-Five hin. Er klatscht lachend ein. Plötzlich hören wir einen lauten Schrei.

Er stammt nicht von Raxia. Verwirrt drehen wir uns alle drei in die Richtung, aus der er kam. Rein zufällig ist es dieselbe, in die unser letzter Ball geflogen ist.

„Da haben wir den Salat", knurrt Raxia.

„Haben wir jemanden getroffen?", frage ich verwirrt.

„Offensichtlich. Deswegen sollt ihr nicht so einen Quatsch machen!"

„Ha, wie geil. Los Mio, lass uns nachsehen. Vielleicht finden wir noch einen Mitspieler."

„Okay."

Raxia schaut uns verwirrt hinterher. Vielleicht wird doch etwas aus unserer Männerallianz. Aber zunächst müssen wir unser angeschossenes Opfer finden. Das geht relativ schnell. Unser Energieball ist bis zum Portal geflogen. Durch dieses kamen zwei Energiegestalten gerade von einer Mission zurück. Es ist das erste Mal, dass ich noch andere von uns treffe.

Den Blicken nach zu urteilen, haben wir den großen Dürren getroffen.

„Hey, Alter. Sorry, war keine Absicht", entschuldige ich mich. Wir bleiben vor dem Kerl stehen. Er funkelt uns zornig an.

„Wie könnt ihr es wagen?", faucht er.

Neben ihm steht ein kleiner Junge. Raxia hat es mittlerweile auch zu uns geschafft. Sofort entschuldigt sie sich bei allen Teilnehmern, noch ehe sie die Lage sondiert hat.

„Es tut mir so leid. Eine Trainingsübung ist außer Kontrolle geraten. Bitte entschuldigt."

Der dürre Typ baut sich angepisst vor uns auf. Mio weicht ängstlich zurück.

Unser *Ball-Opfer* und ich sind in etwa gleich groß, weshalb wir uns direkt tötende Blitze zwischen den Augen zuwerfen können. Der ist mir mehr als unsympathisch.

„Wieder typisch für das Versager-Team", knurrt er. „Ihr macht nur Ärger. Eine Schande für Fatums Armee. Diese verdammten Keys sind ein Witz."

„Ich werde dir gleich was von wegen Schande, du Affe! Was hast du auch so beschissene Reflexe, dass du nicht ausweichen kannst?"

„Milan. Jetzt reg dich ab", bittet Raxia. Sie zerrt mir am Arm. Das stört meinen Blickkontakt zu meinem Gegner. Zornig schiebe ich sie weg.

Der kleine Junge mischt sich in den Streit ein.

„Alfabio, beruhige dich bitte. Sie haben sich doch bereits entschuldigt", sagt er.

„Die Witzfiguren wissen nicht, dass die den größten Schwertmeister des Nichts angegriffen haben."

Ich muss lachen. „Wo war denn deine Klinge, als du unseren Ball abbekommen hast, großer Schwertmeister?"

„Halt die Schnauze! Neven und ich kamen gerade von einer Mission. Wie sollte ich da ahnen, dass zwei Idioten im Nichts Fußball spielen?"

„Als Legende muss man doch jederzeit auf einen Angriff vorbereitet sein, oder täusche ich mich da?"

„Noch ein Wort und- …"

„Versuch es doch."

Er zückt seine Energieklinge und richtet sie gegen mich. Raxia hält meine Hand fest, in der ich meinen Angriff vorbereite.

„Genug", sagt sie streng. „Ihr kennt die Regel des verbotenen Kampfes im Nichts. Duelle sind nicht erlaubt. Haltet euch daran oder ich werde euch Meister Fatum melden. Die Strafe dafür sollte euch bekannt sein."

Alfabio schnaubt verächtlich. Er lässt das Energieschwert verschwinden und wendet sich von uns ab.

„Komm, Neven. Wir gehen", knurrt er. Der Junge nickt. Er verabschiedet sich von uns, bevor er mit seinem Kameraden in Richtung Fatums Tempel verschwindet. Ich starre ihnen wütend hinterher.

„Beim nächsten Mal ziehst du nicht den Schwanz ein, lahmer Zahnstocher", schreie ich Alfabio nach.

„Halt's Maul, Stachelbirne!"

„Stachelbirne? Denk dir gefälligst einen cooleren Namen für mich aus."

„MILAN", faucht Raxia erbost und kneift mir in die Nase. „Wirst du jetzt wohl aufhören?" Ich wehre sie ab. Ein Glück, dass man im Nichts keinen physischen Schmerz spürt.

„Was? Wir haben uns entschuldigt."

„Das sollte eine Entschuldigung sein?"

„Ja, oder was sagst du, Mio?" Erschrocken blickt er mich an und fängt an zu stottern.

„Ähm, also – ich …"

„Siehst du, Mio denkt wie ich", knurre ich Raxia genervt entgegen. Sie verdreht die Augen und wendet sich ab.

„Wir machen jetzt eine kurze Pause, danach geht das richtige Training weiter. Ich muss erst mal durchatmen."

Raxia lässt den Kopf hängen und schleicht davon. „Warum ich? Warum der? Was hab ich verbrochen?", stammelt sie niedergeschlagen vor sich hin.

Beleidigt stemme ich die Hände in die Hüften und sehe ihr nach. Auch Mios Blick geht in ihre Richtung. Er sieht besorgt aus. Doch bevor Mio zurück in sein Schneckenhaus kriecht, will ich ihn vom Gegenteil überzeugen.

„Wenn sie so vor mir wegläuft, sehe ich sie am liebsten an", grinse ich frech. „Da muss ich mir nur ihren hübschen Hintern anschauen und erspare mir die schrillen Töne, die aus ihrem Mund kommen."

Entsetzt und mit rotem Kopf starrt Mio mich an. Ich gebe ihm lachend einen leichten Kinnhaken und lasse mich danach entspannt ins Nichts sinken. „Ja, so fair muss man sein. Sie ist flach wie ein Brett, aber ihr Arsch ist geil." Zufrieden überschlage ich meine Beine und lege die Arme hinter den Kopf, während ich mich treiben lasse. „Los, komm her. Schmieden wir einen Plan, wie wir unseren nächsten Ball besser machen können. Wäre gut, wenn er nach dem Schuss zu uns zurückkäme."

„Glaubst du Raxia erlaubt uns noch einmal zu spielen?"

Mio setzt sich unsicher in den Schneidersitz und hält einen gesunden Abstand zu mir ein. Ich drehe mich in seine Richtung.

„Ist doch egal. Wenn sie frech wird, schießt du sie ab."

„Das war nicht nett ..."

„Aber es hat Spaß gemacht."

„Ja", schmunzelt er verlegen.

„Du hast 'nen ziemlich harten Schuss drauf. Hast du in einer Mannschaft gespielt?"

„J-Ja, eine Zeit lang. Mein Papa hat es mir beigebracht."

„Hm, da hat dein Alter gute Arbeit geleistet. Du spielst gut. Ich hatte kaum eine Chance gegen dich, obwohl ich nicht unsportlich bin."

„Danke", antwortet er beschämt.

Ich setze mich lächelnd auf, forme einen neuen Energieball zwischen meinen Händen und werfe ihn zu ihm. Mio fängt und wir spielen uns abwechselnd zu.

„Ich bin froh, nicht mehr mit Raxia allein zu sein."

„So schlimm ist sie doch gar nicht."

„Ja, du bist ja auch ihr kleiner Liebling."

„Stimmt doch gar nicht ...", flüstert er verlegen.

Ich grinse breit, als ich die Röte über seiner Nase bemerke. Scheinbar mag er sie auch.

„Aber mich scheinst du ja jetzt auch besser leiden zu können." Ich werfe den Ball mit etwas mehr Druck zu ihm. Mio hat Schwierigkeiten, ihn im Sitzen zu fangen. „Ich dachte schon, du hasst mich, weil ich dich gekillt habe."

„Ich hasse dich nicht ..."

Er versteckt sein Gesicht hinter dem Energieball und hält in seiner Bewegung inne. Ich lehne mich etwas zur Seite, um Mios Augen zu sehen. Er versteckt sie zu gern unter seinen Haaren oder hinter den Händen. Aber mir macht er nichts vor. Ich spüre, dass ihn etwas bedrückt.

„Warum hast du Angst vor mir?", frage ich offen, nachdem ich seinen eingeschüchterten Blick gesehen habe. Mio schweigt und will aufstehen. Ich schnappe mir seinen Arm.

„Ich möchte dir was erzählen. Bleib hier." Mein Griff ist ihm unangenehm, trotzdem traut er sich nicht, zu widersprechen. Ich lasse ihn los, setze mich in den Schneidersitz und lehne mich nach vorn.

„Ich hatte Angst vor meinem Alten", gebe ich kleinlaut zu. „Er war ein Arschloch. Wann er nur konnte, hat er mich schikaniert. Ich war damals zu klein, um mich zu wehren. Deshalb konnte ich mich nur vor ihm verstecken, wenn er zu Hause war. Das kam Gott sei Dank nicht oft vor." Ich seufze niedergeschlagen. „Ich habe diesen Mann gehasst. Ich hab mir gewünscht, dass er stirbt. Er sollte verschwinden. Ich wollte größer und stärker werden als er, damit ich keine Angst mehr vor ihm haben musste." Ich hebe meinen Blick. „Jetzt habe ich nichts mehr zu verlieren. Beste Voraussetzungen für einen Sieg. Aber soll ich dir was sagen? Wenn ich heute vor meinem Stiefvater stehen würde und in seine hasserfüllten Augen starren müsste, – ich würde nicht gegen ihn kämpfen. Mein Körper wäre stocksteif, während in meinem Kopf immer wieder dieselbe Frage auftaucht: Was habe ich ihm getan?" Ich wende meinen Blick von Mio ab, forme mir einen kleineren Energieball, um ihn allein in meiner Hand auf und ab hüpfen zu lassen.

„Vielleicht geht es dir ja ähnlich. Ich wollte dir damit eigentlich sagen, dass es okay ist, Angst zu haben und man sich nicht dafür schämen muss. Sie sollte nur nicht das eigene Leben bestimmen. Wenn ich meinem Alten diese Macht zugestanden hätte, mich von ihm zerstören zu lassen, hätte er gewonnen."

„Was hat er mit dir gemacht?", flüstert Mio.

Ich habe ihn kaum verstanden, weil er so leise gesprochen hat. „Was er mit mir gemacht hat?", frage ich nach und erhalte ein Nicken. „Er hat mich verprügelt. Oft so schlimm, dass ich ins Krankenhaus musste. Ich hab ständig in Angst gelebt. Dabei wollte ich auch nur eine ganz normale Familie und Eltern, die mich lieben."

Kurz nachdem ich das gesagt habe, fängt Mio an zu schluchzen. Scheinbar habe ich gerade etwas in ihm losgetreten. Schweigend spiele ich mir weiterhin den kleinen Energieball zu, bis er seine Emotionen wieder halbwegs in den Griff bekommen hat.

„Warum hast du Angst vor mir? Vielleicht kann ich zukünftig darauf achten und es ändern."

Ich werfe den Ball zu ihm. Er fängt ihn sofort und lockert dadurch seine angespannte Körperhaltung. Stumm betrachtet Mio meine Energie in seiner Hand.

„Fürchtest du dich davor, mir die Wahrheit zu sagen?", hake ich nach einer Weile des Schweigens nach. „Glaubst du, ich würde dir eine reinhauen, weil ich beleidigt wäre?"

Mio fängt an zu zittern und wirft meine Energie zu mir zurück. In dem Moment, als ich sie auffange, springt er hoch. Er ergreift die Flucht. Ich seufze deprimiert und falle erschöpft nach hinten um. Alle Viere von mir gestreckt, werfe ich die Energiekugel in die Luft und lasse sie platzen.

‚Mann Mio, es war das erste Mal, dass ich jemandem von meiner wahren Kindheit erzählt habe und du Arsch rennst weg. Wir werden wohl nie Freunde.'

Leider habe ich nicht erneut die Gelegenheit, mit Mio ins Gespräch zu kommen. Unsere erste gemeinsame Mission ruft. Meister Fatum hat sie uns aufgetragen. Mit Raxias Hilfe hat er einen der entkommenen Schatten vom Ritual ausfindig gemacht. Wir sollen jetzt Genaueres herausfinden und ihn im besten Fall eliminieren.

Auf Letzteres habe ich nach meinen jüngsten Erfahrungen als Schatten-Killer überhaupt keine Lust. Interessiert aber wieder kein Schwein. Raxia ist total geil darauf, ihren heiß geliebten Mio endlich in Aktion zu sehen. Da ist es egal, was ich will. Ich bin nur Beiwerk, das im Notfall mitkämpfen muss.

Nach der Teleportation landen wir auf der Blutmondlichtung. Mio trennt sich sofort von uns. Ich glaube, Teleportieren wird bei seiner *Fass-mich-bloß-nicht-an-Macke* nicht seine Lieblingstransportart werden.

Das Wetter ist Bombe. Die Sonne scheint und es ist warm. Die Bäume um uns herum sind grün und es riecht herrlich frisch. Ich habe mir fest vorgenommen, in der ersten ruhigen Minute Caros Geschenk auszupacken. Es befindet sich wie durch Zauberhand zurück in meiner Hosentasche.

„Ist der Sommer nicht fantastisch?", seufze ich zufrieden. Raxia verdreht genervt die Augen.

„Willst du 'ne Liege? Wir haben eine Mission zu erfüllen."

„Boar, kannst du nicht einmal locker sein? Seit Mio bei uns ist, bist du in Dauerperiodenstimmung."

„Ich trage die Verantwortung."

Kurzerhand holt sie einen Zettel aus ihrer Hosentasche. Triumphierend reicht sie ihn an Mio weiter. Verwirrt nimmt er ihn entgegen. Dabei fällt mir auf, dass ich ihn zum ersten Mal mit seinem unverstümmelten echten Körper sehe. Mein Verdacht, er wäre der Traum eines jeden Mädchens, bestätigt sich. Er sieht mit seinen strahlend blauen Augen und den dunkelbraunen Haaren, die ihm in die Stirn fallen, verdammt gut aus. Peinlich, dass ich als Mann das zugeben muss, aber der Arsch hat etwas.

„Was steht da?", unterbricht er die Stille. Verwirrt sehen wir ihn an. Er zittert. „Ich-ich kann das nicht lesen. Wieso kann ich das nicht lesen?"

„Beruhige dich", sagt Raxia.

„Wieso kann ich das nicht lesen?"

„Mio, ganz ruhig. Sieh mich an. Einatmen und ausatmen."

„Mensch, der kriegt doch kein Kind", sage ich und ziehe ihm den Zettel aus der Hand. Ich werfe einen Blick auf die enthaltene Notiz. „Das ist 'ne E-Mail-Adresse. So etwas solltest du kennen oder hast du hinterm Mond gelebt?"

„Ich-ich … Warum kann ich nicht mehr lesen?" Mio sackt in die Knie. Raxia begibt sich auf seine Höhe, um ihm beizustehen.

„Ganz ruhig. Es ist alles in Ordnung."

„Ist das 'ne Nebenwirkung von der Auferstehung?"

„Nein. Ich denke, es wird mit Pirks Folter zusammen-hängen."

„Pirk …" Plötzlich fängt Mio an zu schreien. Er kneift die Augen zusammen und krallt seine Hände in den Kopf. Sein Körper wiegt sich vor und zurück. „Nein, nein, nein, nein", wiederholt er in Endlosschleife.

„Mio, er ist nicht hier. Du bist bei uns sicher. Dir wird das nie wieder angetan."

„Es soll aufhören", schluchzt er.

Ich hocke mich vor ihn. Er sieht mich voller Leid an. Ich muss schlucken. Er weckt mein Mitgefühl.

Plötzlich beginnt sein Körper zu leuchten.

„Ach du Scheiße", rufe ich. „Reiß dich zusammen. Wir können deine Aura sehen."

„Wo sind meine Erinnerungen?", schluchzt er. Seine Aura sammelt sich um ihn. Ich spüre die wahnsinnige Kraft, die von seinem schmächtigen Körper ausgeht. Raxia versucht ihn zu beruhigen. Sinnlos. Seine Aura wird uns bald um die Ohren fliegen.

„Es soll aufhören", heult Mio. „Es tut weh. Das soll aufhören. HÖR AUF!"

Das kann ich nicht länger mit ansehen.

Auch auf die Gefahr hin, dass er mich röstet, nehme ich Mio in den Arm. Er schluchzt laut auf. Zögernd legt er seine Hände auf meinen Rücken und vergräbt das Gesicht an meiner Brust. Seine Aura wird schwächer, bis sich seine Energie komplett in den Körper zurückzieht. Erleichtert wische ich mir den Schweiß von der Stirn. ‚Scheiße, das war knapp.'

Raxia beobachtet uns.

Mio beruhigt sich wieder. Er löst sich schniefend aus unserer Umarmung und wischt sich die Tränen samt Rotze weg. Schweigend stehen wir auf. Ich werfe Raxia einen fragenden Blick zu.

Sie schüttelt den Kopf. Ich muss mich gedulden. Ohne weiter auf Mios Nervenzusammenbruch einzugehen, lenkt Raxia die Aufmerksamkeit zurück auf die Notiz.

„Du sagtest, es sei eine E-Mail-Adresse."

„Ja."

Der Kloß in meinem Hals ist noch nicht ganz weg. „Angel.mia04@banknet.com", ergänze ich.

„M-Mia?", flüstert Mio schwach. Raxia horcht auf.

„Du kanntest eine Mia, nicht wahr?"

Mio nickt zurückhaltend. „Ich erinnere mich nicht mehr richtig an sie. Was ist nur los mit mir?"

Bevor er erneut durchdrehen kann, liefert Raxia ihm eine Erklärung. Und mir gleich mit.

„Vor dem Ritual unterzog dich Malums Erster Diener einer Foltermethode. Er nennt sie Marionettenspiel. Dabei zerstört er den Lebenswillen eines Individuums, indem er es isoliert und mit seiner größten Angst konfrontiert. Während der Folter, und dem psychischen Stress über Monate hinweg, nimmt das Gehirn Schaden. Du wurdest ein Jahr lang gequält. Es ist kein Wunder, dass dein Gedächtnis gelitten hat. Leider kann ich dir nicht sagen, ob die verlernten Fähigkeiten und vergessenen Erinnerungen jemals wieder zurückkehren werden. Bisher hat noch niemand das Marionettenspiel überstanden, ohne komplett dem Wahnsinn zu verfallen."

‚Jetzt verstehe ich, warum er nach seiner Auferstehung nicht geschrien hat', geht es mir durch den Kopf.

„Sei beruhigt, Mio." Raxia seufzt. „Wir werden Mia auch ohne deine Erinnerungen finden und sie warnen."

„Sie warnen?", fragt er kraftlos. „Ist Mia in Gefahr?"

„Ich fand die Notiz auf der Lichtung, nachdem ich die Spuren unseres Kampfes beseitigt hatte. Es ist anzunehmen, dass einer der Schatten den Zettel bei sich trug."

„Nein, bitte nicht. Mia darf nichts passieren."

„Das wird es nicht", sage ich entschlossen. „Wir finden und beschützen sie. Deine Erinnerungen werden wir auch wiederfinden. Dieses Scheusal wird für das, was er dir angetan hat, büßen. Ich werde persönlich dafür sorgen."

Dank Raxias eindeutigen Stalking-Problems finden wir Mias Adresse schnell. Sie wohnt in Kittlitz, einem verschlafenen Nest in der Oberlausitz: Mios Heimatdorf. Leider hat er auch das vergessen.

Es muss beschissen sein, sich nicht mal mehr an die schönen Dinge in seinem Leben erinnern zu können. Der Kerl tut mir leid. Doch wir haben keine Zeit, um Trübsal zu blasen. Wir müssen Mia finden und warnen, bevor wir uns den vermeintlichen Schatten vorknöpfen. Das ist jedoch leichter gesagt als getan. Sie ist unbekannt verzogen und es kostet uns einen ganzen Tag, bis wir ihre neue Adresse von einer alten Nachbarin erfahren.

„New York. Das kann kein Zufall sein."

„Dorthin hat er mich gebracht", flüstert Mio.

„Das ist nicht gut. Wir müssen uns beeilen", erwidert Raxia entschlossen. Wir teleportieren uns mit ihrer Hilfe auf die andere Seite der Welt und beginnen erneut mit der Suche. Das nagt an meiner Energie. Ich bin erschöpft, als wir nach einem weiteren Tag Mias neue Schule ausfindig machen konnten. Wir stehen gegenüber dem Schulgebäude auf einem Spielplatz.

„So einen gab es auch an unserer alten Schule", flüstert Mio. „Daran erinnere ich mich noch." Raxia lächelt ihn aufmunternd an und fährt über seinen Arm.

„Wir werden nicht zu dritt in die Schule gehen", erklärt sie. „Das wäre zu auffällig. Deswegen wirst du gehen, Milan."

„Ich? Warum ausgerechnet ich?"

„Für Mio ist es zu viel Stress und ich möchte ihn nicht allein lassen."

„Ich kann auch auf ihn aufpassen."

„Nein. Du suchst Mia und bringst sie zu uns. Wir müssen sie fragen, wem sie diesen Notizzettel gegeben hat. Vielleicht führt uns das fehlende Puzzlestück zu dem gesuchten Schatten."

„Ich bin doch aber viel zu alt für die Highschool."

„Bitte erledige die Aufgabe."

„Ist ja gut. Mann." Genervt wende ich mich an Mio. „Weißt du noch, wie diese Mia aussieht?"

Sein Blick weicht mir schüchtern aus. „Sie ist etwas kleiner als ich, aber größer als Raxia und hat ganz weiche schwarze Haare, die sie früher immer offen getragen hat."

Ich muss grinsen, als ich Mios Beschreibung höre.

„Sie müsste jetzt fünfzehn sein."

„Kann es sein, dass du kleiner Haarfetischist in sie verknallt warst?"

Mio zieht die Schultern hoch.

„Milan. Das interessiert nicht. Los, geh Mia suchen."

„Da ist wohl jemand eifersüchtig?"

Raxia funkelt mich an. Schmunzelnd winke ich ab. Mein Typ wird jetzt in der Highschool verlangt.

Mir ist mulmig zumute, als ich das Schulgebäude betrete. Es ist ewig her, dass ich in einer Schule gewesen bin. Niemals hätte ich gedacht, mal als wandelnder Toter zurückzukehren. Diese Entwicklung ist echt abgefahren. Wie gut, dass Tote keine Sprachprobleme haben. Ich kann mich ohne Mühe anpassen.

Jetzt muss ich Mia finden. Zu meinem Glück läutet gerade die Pausenglocke und die Kinder strömen in Scharen aus den Unterrichtszimmern. Das eine Mädchen unter den vielen Schülern ausfindig zu machen, ist unmöglich. Ich kann nur suchend umherwandern und die Augen offenhalten. Aber bisher hat noch nicht ein Mädchen schwarze lange Haare. Blond, braun, rot, blau. Blaue Haare? Was soll denn das? Eine hat ihre sogar pink gefärbt. Mann. Was ist in der Zeit seit meinem Tod passiert?

Während ich mir über die neuen Modetrends den Kopf zerbreche, entdecke ich in einer Nische einen Besen. Sofort muss ich an meinen Stiefvater denken. Er und die Prügeleinheiten mit dem Besenstiel sind für mich unzertrennbar. Mir stellen sich die Haare zu Berge. Trotzdem nehme ich das Teil in die Hand. Er soll mir als Tarnung dienen. Zwar hab ich für einen Hausmeister nicht die richtigen Klamotten an, aber mit so einem Werkzeug wirke ich jedenfalls nicht mehr wie ein Spanner.

Mit dem Tarn-Besen bewaffnet, stelle ich mich an die Fensterfront des Gangs und halte die Augen offen. Geduldig harre ich aus, bis mich jemand von der Seite anspricht.

„Sind Sie ein Hausmeister?", fragt mich ein blondes Mädchen. Grinsend nicke ich. Die Verkleidung ist tatsächlich perfekt.

„Ja", antworte ich. „Kann ich dir helfen, Kleine?"

Das Mädchen nickt. Sie ist vielleicht zwölf, trägt eine Zahnspange und ist eindeutig nicht Mia. Ich schlüpfe in meine Rolle und bin der Helfer in der Not.

„Auf dem Mädchenklo raucht eine."

‚'ne Petze – wie toll.'

„Aha, und weiter?", frage ich.

„Na, sie darf da nicht rauchen", erklärt die Zahnspange.

„Hast du ihr das gesagt?"

„Ja, aber sie hat mir den Mittelfinger gezeigt."

„Sehr schön", antworte ich und lasse meinen Blick weiter durch die Menge wandern. Empört zieht das Mädchen an meinem Shirt. „Mister, also ehrlich. Ich kann auch zu einem Lehrer gehen."

„Kleine, eine Petze kann niemand leiden. Wenn dich der Rauch stört, geh auf eine andere Schüssel."

„Ich werde mich über Sie beschweren", meint die Schülerin entschlossen. Sie wendet sich von mir ab.

Ich sehe die Göre schnurstracks in Richtung Lehrerzimmer laufen. Dort war ich früher oft, um mir Standpauken bezüglich meines Verhaltens anzuhören.

Vielleicht sollte ich mir diese Raucherin anschauen. Schnell lasse ich den Besen fallen, eile durch die Schülerschar und bringe mich vor der kleinen Petze in Sicherheit. Wäre doof, wenn sie mir die Lehrer auf den Hals hetzt. Ich suche das Mädchenklo. Schnell habe ich es gefunden. Doch ich kann nicht reingehen. Zwei ältere Schülerinnen stehen davor und unterhalten sich. Mist.

„Ähm, sorry. Aber könntet ihr bitte nachsehen, ob meine Freundin da drin ist?" Sie sehen mich fragend an. „Sie raucht in der Pause immer auf dem Klo und ich hab gehört, wie so 'ne kleine Ziege sich bei den Lehrern deswegen beschwert hat. Ich will ihr den Ärger ersparen."

„Wie süß", lächelt die Rothaarige. „Ich sag ihr Bescheid."

„Danke."

‚Das ging ja einfach', denke ich triumphierend und warte, bis das Mädel mit der Raucherin im Schlepptau aus dem Mädchenklo kommt. Besagte Person ist hübsch und hat schwarze Haare. Volltreffer.

„Du hast 'nen echt süßen Freund", sagt die Rothaarige. „Kann man voll neidisch werden."

„Übertreib nicht", lacht ihre Freundin.

Mia kann mit den Kommentaren wenig anfangen. Vor den beiden anderen kann ich ihr aber nichts erklären.

„Hey. Sie da." Die Stimme eines Mannes ruft durch den Gang. Eilig greife ich Mias Hand und ziehe sie mit mir.

„Was soll das?", fragt sie entsetzt.

„Erklär ich dir gleich."

Ich flüchte mit Mia durch die Gänge. Ein Glück, dass sie aufgrund der Pause mit Schülern überfüllt sind. Wir tauchen in einem leeren Klassenzimmer unter und entkommen dem Verfolger. Mia schüttelt meine Hand ab und geht auf Abstand.

„Wer bist du?", fragt sie.

„Bist du Mia?"

„Vielleicht."

„Ich heiße Milan. Und ich muss mit dir reden. Aber nicht hier, sonst werden wir vielleicht entdeckt."

„Kein Interesse."

Sie will das Klassenzimmer verlassen. Ich halte sie fest.

„Ich hab dir den Arsch gerettet. Du bist mir etwas schuldig."

Für einen kurzen Augenblick mustern mich ihre braunen Augen. „Danke. Ich finde dich aber gruselig."

„Ein Vorschlag: Wir rauchen vor der Schule eine und ich beweise dir, dass ich alles andere als gruselig bin. Was hältst du davon?"

„Lass mich durch", knurrt Mia hartnäckig.

Ich habe keine Chance. Resigniert trete ich beiseite. Sie öffnet die Tür. Noch gebe ich nicht auf: „Schade, ich hätte dich gern näher kennengelernt. Du bist hübsch und voll mein Typ."

Sie bleibt stehen und wirft mir einen Blick über die Schulter zu. „Milan, richtig?"

Ich nicke.

„Hast Glück. Ich hab's mir gerade anders überlegt. Ausnahmsweise unterhalte ich mich heute doch mit schrägen Typen."

Welch überraschender Erfolg. Wir verlassen das Schulgelände. Lehrer sind wohl nicht ausdauernd, wenn es um die Verfolgung von rauchenden Schülern geht. Mia gibt mir eine Kippe aus.

Ich sauge das Nikotin gierig in meine Lungen. Ich hab früher schon geraucht, aber in der Zehnten aufgehört, weil es Caro gestört hat. Der gewünschte Effekt des beruhigenden Nikotins stellt sich aber nicht ein. Als Toter ist man wohl nicht suchtanfällig.

Ich schlage ihr vor, zum Spielplatz gegenüber der Schule zu gehen.

„Du bist Mia?", fragt Raxia, als wir da ankommen.

Sie macht auf dem Absatz kehrt. „Ich will mit euch nichts zu tun haben."

Ich kann Mio nirgends entdecken.

„Mia, warte", rufe ich ihr nach, doch sie reagiert nicht.

Raxia ergreift die Initiative. Sie hält Mia auf und verweist auf Mio, der sich hinter dem Klettergerüst versteckt.

„Ihn kennst du doch, oder?"

Widerwillig dreht Mia sich um und entdeckt ihn. Ihre Augen weiten sich.

„Ist nicht wahr", staunt sie.

Mio tritt zurückhaltend hervor. Sein Blick klebt schüchtern am Boden.

‚Ist sicher unangenehm, jemandem gegenüberzutreten, den man vergessen hat', denke ich mitfühlend.

Mia wirkt verärgert. „Dass du dich nach all der Zeit einfach wieder traust, vor mir zu stehen."

„Keinen Plan, was zwischen euch vorgefallen ist, aber wir wollen dich nur etwas fragen", sage ich.

„Das ist mir zu dumm." Mia dreht sich weg. Meine Geduld ist erschöpft. Ich greife ihren Arm.

„Milan, lass sie los", fordert Raxia.

„Aber …"

„Nein." Ihre Blicke durchbohren mich. „Unterhalte dich allein mit Mio. Er möchte dir erklären, warum er sich nach seinem Umzug nicht mehr bei dir gemeldet hat."

„Da gibt es nichts zu erklären", knurrt Mia.

„Bitte hör ihm zu." Raxia gibt mir einen Schubs. „Wir warten da hinten."

„Ach, tun wir das?" Ich begleite sie zur Bushaltestelle neben der Schule. Wir wechseln die Straßenseite, aber haben die beiden noch im Blick. Von hier wirkt es so, als würden sie tatsächlich normal miteinander reden.

„Das ist 'ne dumme Idee. Mio erinnert sich nicht. Das wird ihr auffallen."

„Ein Glück, dass ich so schlau bin." Raxia grinst zufrieden. „Als du in der Schule warst, habe ich ihn auf diesen Moment vorbereitet."

„Häh?"

„Mia ist wütend auf ihn, weil er nach Amerika gezogen ist, ohne sich danach wieder bei ihr zu melden."

„Aha. Was soll mir das jetzt sagen, außer, dass du 'ne Stalkerin bist?"

„Wir haben uns etwas ausgedacht."

„Das klingt nach Lügen."

„Nur eine Notlüge, die Mia milde stimmen wird."

„Du hattest zu Lebzeiten keine Freunde, oder?"

„Pff, denk, was du willst. Mein Plan wird aufgehen."

„Oder Mio regt sich wieder auf und zieht die Glühwürmchen-Nummer von der Lichtung ab. Was erzählen wir Mia dann? ,Hey, er hat 'ne LED verschluckt.' Wir hätten die beiden nicht allein lassen sollen."

„Vertrau mir."

Ich möchte etwas Gegenteiliges erwidern, doch meine Aufmerksamkeit wechselt zu den beiden auf dem Spielplatz. Sie haben ihre Unterhaltung beendet und sind dabei abzuhauen. Raxia klappt die Kinnlade runter. Ich hetze über die Straße.

„Scheiße, bleibt hier!", rufe ich, aber sie rennen weiter.

KAPITEL 6

Die Suche nach den beiden bleibt erfolglos. Genervt kehren Raxia und ich zum Spielplatz neben der Schule zurück. Uns bleibt nur zu hoffen, dass Mio allein zurückfindet.

„Mio ist weg", jammert Raxia.

„Ich weiß."

„Wenn ihm etwas passiert ist …"

„Dem passiert nix."

Im Gebüsch neben uns raschelt etwas.

„Pscht, ich höre was", zischt sie.

Ich folge schweigend ihrem Blick. Irgendwie hoffe ich, dass Mio aus dem Knallerbsenstrauch gekrochen kommt, damit der Ärger ein Ende findet. Doch es ist nur eine Katze. Sie läuft gelangweilt an uns vorbei.

„Eine Mietzekatze" Sämtliche Sorge ist hinfort. Freudestrahlend rennt Raxia zu ihr. Die Katze macht einen Buckel, faucht und rennt über den Spielplatz davon.

„Mietze, bleib doch hier."

„Raxia, Katzen haben einen siebten Sinn. Überleg dir lieber, wie wir Mio zurückbekommen, bevor du unschuldige Tiere erschreckst."

„Ich könnte es noch mal mit Telepathie versuchen."

„Das hast du bereits mehrmals vergeblich probiert."

„Jetzt klappt es. Das weiß ich."

Ich seufze. „Nur zu. Ich bin gespannt."

Konzentriert schließt sie ihre Augen und versucht es erneut. Dann seufzt sie laut.

„Es ist hoffnungslos. Er schirmt seinen Geist immer noch vor mir ab."

„Er hat wohl auch einen siebten Sinn", grinse ich und fange dafür einen Blick des Todes.

„Du solltest es versuchen, Milan."

„Häh? Ich? Ich kann nicht Gedankenlesen."

„Dann lerne es", fordert sie und stellt sich mir gegenüber. „Versuche Mios Aura ausfindig zu machen und sprich ihn an."

„Ja, und wovon träumst du nachts? Ich hab keine Ahnung, wie sich seine Aura anfühlt, geschweige denn, wie ich sie spüren soll. Diese Zaubertricks obliegen einer Hexe wie dir."

„Ich bin keine Hexe. Bitte. Uns läuft die Zeit davon."

„Oh, ein *Bitte* aus deinem Mund. Wenn du noch einen Kniefall machst, denke ich darüber nach."

„Bitte, Milan!"

Ich grinse sie an. „Erklär mir, was ich tun muss."

„Schließe deine Augen und denke an Mio. Sobald du seine Gegenwart spürst, rufst du telepathisch seinen Namen."

„Hm, klingt nicht schwer. Ich probiere es." Ich schließe meine Augen. Meine Erschöpfung macht mir zu schaffen. Ich beiße die Zähne zusammen. Wir müssen Mio finden. Ich sorge mich um ihn. Das gefällt mir nicht.

Konzentriert stelle ich mir seine Aura vor. Schüchtern, ängstlich, schwach, aber gleichzeitig auch furchterregend explosiv. Hinter seiner kindlichen Fassade steckt ein starker Wille, der nicht aufgibt.

x |Antworte endlich Mio!| x

x |Milan …?| x

Sofort öffne ich erschrocken meine Augen.

„Hat es geklappt?", will Raxia wissen.

Ich nicke zaghaft, aber konzentriere mich sofort wieder auf das Gespräch.

x |Mio, hörst du mich?| x

x |Ja.| x

x |Geht's dir gut?| x

x |Ja.| x

Erleichterung.

x |Wo bist du? Wir haben dich überall gesucht.| x

x |Keine Ahnung. Bitte seid mir nicht böse.| x

x |Das klären wir alles später. Sag mir, wo du bist.| x

x |Ich – ich weiß nicht, wo ich bin.| x

x |Du Dussel. Wie sollen wir dir denn jetzt helfen? Mann. Was siehst du denn?| x

x |Ich sitze neben einer Mülltonne in einer Seitenstraße.| x

x |Wie viele Räder hat die Tonne?| x

x |Zwei – wieso fragst du mich das?| x

x |Das war ein Witz. Ich brauche schon ein paar andere Details, als eine Mülltonne in einer Seitenstraße.| x x |Mir gegenüber ist ein Haus.| x

x |Aha. Sieh dich um. Ist irgendwo ein Straßenschild?| x

x |Nein.| x

x |Dann beweg dich und such eines.| x

x |Ja – entschuldige bitte …| x

x |Such!| x

x |Ja.| x

Angespannt setze ich mich im Schneidersitz in den Kies. Ich halte die Augen geschlossen und ignoriere bewusst Raxias Fragen. Meine ganze Aufmerksamkeit gilt jetzt Mio, der sich absolut doof anstellt. Mir bleibt nichts anderes übrig, als abzuwarten und zu hoffen, dass der Kerl es schafft, mir seine Position mitzuteilen.

x |Hast du ein Schild gefunden?| x

x |Noch nicht.| x

x |Wo bist du jetzt?| x

x |Auf einer Straße. Hier fahren Autos.| x

x |Ach nee. Gibt es Geschäfte? Eine Bushaltestelle? Irgendwas?| x

x |Neben mir ist ein Geschäft, denke ich.| x

x |Und was für eins?| x

x |Weiß nicht. Das Licht ist aus und der Rollladen unten.| x

x |Gibt es kein Schild?| x

x |Doch, es gibt eines.| x

x |Und was steht drauf?| x

x |Ich – ich kann doch nicht mehr lesen.| x

x |Verdammt. Sorry. Das hatte ich vergessen.| x

x |Entschuldige Milan.| x

x |Hör auf, dich zu entschuldigen.| x

x |Sorry.| x

„Ich halt's nicht aus. Der macht mich wahnsinnig."

Raxia erschrickt.

„Reiß dich mal zusammen." Sie kniet sich neben mich und legt ihre Hand an meine Brust.

Irritiert sehe ich sie an.

„Wenn du bei mir für Entspannung sorgen willst, musst du weiter unten anfassen."

„Du bist ekelhaft."

„Nimm deine Hand weg."

„Nein. Ich werde mit Mio reden."

„Dann tu das, aber fass mich nicht an."

„Das geht beim ersten Gruppengespräch aber nur so."

„Ihr geht mir alle beide auf die Eier."

„Augen zu und konzentrieren. Sobald du Kontakt zu ihm hast, denkst du an mich und sagst meinen Namen. Ich antworte und werde mich mit Mio unterhalten."

„So geht das auch?"

„Ja."

„Wieso haben wir es nicht gleich so gemacht?"

„Weil ich dachte, du könntest dich für ein paar Minuten mal nicht wie ein Riesenbaby benehmen."

„Blöde Ziege", flüstere ich wütend, aber baue trotzdem erneut die Verbindung zu Mio auf. Raxia tritt unserem Gespräch bei. Ich fühle mich wie ein menschliches Telefon. Diese Telepathie hat was.

x |Mio?| x, fragt Raxia.

Ich höre nun auch ihre Stimme in meinem Kopf. Mio wird es ähnlich gehen, denn er sagt überrascht ihren Namen.

x |Wieso kann ich dich jetzt auch hören?| x, fragt er ängstlich.

x |Ich habe Milan die Telepathie erklärt.| x

x |Okay. Hört er mit?| x

x |Ja| x, denke ich. x |Du brauchst dich nicht bei ihr auszuheulen. Sag uns einfach, wo du bist, damit wir dich finden können.| x

x |Ist Mia bei dir?| x, mischt sich Raxia ein.

x |Nein.| x

x |Hat sie dir etwas Nützliches gesagt?| x

x |Auch nicht.| x

x |Okay, du hast dein Bestes gegeben. Sei nicht traurig. Wir werden einen anderen Weg finden.| x

x |Du bist schon wieder so nett zu ihm. Mich hättest du in Grund und Boden gestampft.| x x |Sei still und halte die Leitung stabil. Deine Energie ist bald aufgebraucht. Spare deine Kräfte.| x

x |Es tut mir leid.| x, wiederholt Mio zum tausendsten Mal.

x |Alles in Ordnung. Du musst vor uns keine Angst haben. Sag uns, wo du bist, dann holen wir dich.| x

x |Das weiß er nicht| x, mische ich mich ein.

x |Was ist denn in deiner Nähe zu sehen?| x Raxia seufzt.

x |Ein Schild, wahrscheinlich von einem Geschäft. Milan wollte, dass ich es vorlese, aber ich kann es nicht entziffern. | x

x |Alles gut. Erkennst du Buchstaben?| x

x |Ein B und ein A, – C, ein E. Dazwischen sind Buchstaben, an die ich mich nicht erinnere. Zahlen stehen auch auf dem Schild.| x

x |Was ist noch bei dir?| x, fragt Raxia einfühlsam.

x |Ähm – eine Frau, – sie steht mit einem Hund an der Leine neben mir und schaut mich an.| x

x |Die Gute wird sich wundern, warum du die ganze Zeit dieses dämliche Schild anglotzt.| x

x |Milan, du sollst still sein| x, schimpft Raxia.

x |Pff.| x

x |Mio, frag die Frau nach der Schule. Vielleicht kann sie dir den Weg beschreiben.| x

x |Aber sie sieht unfreundlich aus.| x

x |Wenn du mein Gesicht sehen könntest, würdest du ihres als engelsgleich bezeichnen. Jetzt frag die alte Wachtel nach dem Weg und schwing deinen Arsch zu uns.| x

Raxia gibt mir einen Schubs und reißt mich aus der Konzentration. Empört sehe ich sie an.

„Wenn du Mio weiter so angehst, bekommt er Angst."

„Er hat doch immer Angst! Wieso schubst du mich? Spinnst du?"

„Du bist ein Blödmann."

„Na warte!" Wütend stürze ich mich auf sie. Mir ist egal, dass Raxia ein Mädchen ist. Sie hat mich einmal zu oft provoziert. Der ganze Frust, weil sie Mio mehr mag als mich, kommt jetzt raus. Verärgert setze ich mich auf ihren Bauch und halte ihre Arme oberhalb ihres Kopfes fest. Ich drücke sie in den Kies und blicke in ihr wütendes Gesicht. Raxia tritt mit ihren Beinen nach mir, trifft mich aber nicht. Ich bin ihr eindeutig überlegen.

„Du doofe Kuh wirst jetzt damit aufhören, mich ständig zu beleidigen."

„Geh runter!" Sie windet sich weiter unter mir, kann aber nicht entkommen.

Ich treibe sie so weit, dass sie versucht, mich in den Arm zu beißen. Lachend weiche ich ihr aus und halte sie weiterhin unter mir gefangen. Das geht so lange, bis sie mir ins Gesicht spuckt.

„Das hast du jetzt nicht wirklich gemacht", sage ich fassungslos. Angewidert wische ich ihren Speichel mit dem Arm aus meinem Gesicht und packe Raxia am Kragen. Ich schüttle sie, während sie mich kratzt und beißt. Dabei gelingt es ihr, mir doch das Gleichgewicht zu nehmen. Sie kriecht unter mir hervor, ist blitzschnell neben mir und verpasst mir einen ordentlichen Leberhaken. Notgedrungen krümme ich mich ein bisschen, aber bekomme noch ihre Arme zu fassen.

„Lass los!" Sie lässt sich fallen und tritt nach mir.

„Hör auf, du Hexe."

„Ich bin keine Hexe!"

Wir raufen uns wie kleine Kinder, wälzen uns durch den Kies, bis ich erschöpft auf dem Rücken liege. Raxia sitzt auf mir. Sie will meine Arme nach unten drücken, stößt aber auf meinen letzten Widerstand.

„Gib auf, Milan!"

„Never!"

Sie erwartet von mir, die Niederlage einzugestehen. Aber niemals werde ich mir die Blöße geben, einen Kampf gegen ein Mädchen – und schon gar nicht gegen Raxia – zu verlieren.

„Du solltest mich nicht unterschätzen", rufe ich, reiße meine Hände von ihr los und lege sie rotzfrech auf ihre Brüste. Das gibt ihr den Rest. Sie steigt sofort von mir runter und schlägt meine Hände weg. Erschöpft strecke ich alle Viere von mir und schaue zum Himmel.

„Gewonnen", japse ich. „Ich hab dich besiegt."

„Das war unfair."

„Egal. Du hast verloren."

„Du bist pervers."

„Kann sein. Ist aber egal. Ich hab gewonnen."

„Du hast mich angegrapscht."

„Und du hast mich angespuckt. Wer ist nun ekliger?" Grinsend setze ich mich aufrecht. Raxia ist immer noch total rot im Gesicht und umklammert ihren Oberkörper. „Kannst ruhig zugeben, dass es dir gefallen hat", sage ich provokant.

„Du bist unglaublich!"

„Ich – ich hab euch gefunden."

Überrascht sehe ich zur Seite. Ich kann aus der Perspektive nur Mios Schuhe erkennen. Er steht neben uns und weiß scheinbar nicht, wie er mit der vorherrschenden Situation umgehen soll. Raxia starrt Mio geschockt an, weil sie sich selbst dabei erwischt hat, gerade völlig ausgerastet zu sein. Beim Aufstehen stößt sie sich zu allem Überfluss auch noch den Kopf am Klettergerüst.

Ich unterdrücke meine Schadenfreude, erhebe mich ebenfalls, aber passe auf, es intelligenter als sie anzustellen. Mio weicht einen Schritt zurück, nachdem ich aufgestanden bin. Seine Hand krallt sich nervös in seinen Arm. Er schaut nach unten und zittert.

‚Schon seltsam', denke ich. ‚Wenn ich ihn sehe, – vor Angst bibbernd – regt er mich nicht mehr auf. Ich bin auch nicht wütend oder genervt. Die Rangelei mit Raxia hat gutgetan. Mir geht's wesentlich besser als vor zehn Minuten.'

Ich möchte Mio zeigen, dass ich nicht böse auf ihn bin. Der Streit von vorhin ist vergessen. Aufmunternd will ich ihm die Hand auf die Schulter legen und ihn loben, weil er allein zu uns gefunden hat. Doch als ich meinen Arm nach ihm ausstrecke, zuckt er zusammen und wimmert kurz auf. Er kneift die Augen zu.

Eine heftige Reaktion darauf, dass ich ihn loben wollte. Ich setze mein Vorhaben aber dennoch um.

„Hast du gut gemacht, Mio."

Er bleibt angespannt. Wahrscheinlich hat er mir in seiner Angst nicht einmal zugehört. Ich nicke ihm zu. „So blöd, wie ich dachte, bist du gar nicht."

„Es tut mir leid", flüstert er.

„Jetzt hör auf."

Raxia seufzt. „Wir müssen überlegen, wie es jetzt weitergeht", sagt sie, nachdem sie ihre Fassung zurückgewonnen hat. „Wir haben leider viel Zeit verloren."

„Entschuldigt."

„Wirst du wohl endlich aufhören, dich dauernd zu entschuldigen?", ermahne ich ihn genervt.

Er öffnet den Mund, weil er etwas sagen will. Ich ahne, was es werden wird und zische ihn an. „Wag es dir nicht wieder *Entschuldigung* zu sagen."

Mio nickt.

„Hört auf ihr beiden. Wir müssen uns einen Platz zum Untertauchen suchen. Anschließend überdenken wir die nächsten Schritte."

Wir suchen einen Ort, an dem wir uns unbeobachtet unterhalten können. Mio kennt einen und führt uns zu einem alten Gebäude, an dessen Seitenwand eine Mülltonne steht. Er schiebt sie weg und offenbart uns ein Loch in der Wand.

Mir verschlägt es die Sprache, als ich den Ort wiedererkenne. „Hier sind wir vorhin vorbeigelaufen, als wir euch verfolgt haben. Ihr habt euch hier versteckt?"

Mio nickt.

„Dann ist das auch die Tonne mit den zwei Rädern."

„M-hm."

„Wovon redet ihr beiden da?", fragt Raxia.

„Ich fass es nicht. Wieso hast du mir vorhin nicht gleich gesagt, dass wir an diesem Ort vorbeigekommen sind? Ich hätte dich problemlos zurück gelotst."

„Ich hab von der Mülltonne gesprochen."

„Mann. Das hätten wir schneller und leichter haben können."

„Ist doch egal", murrt Raxia. Sie geht auf die Knie und kriecht als Erste durch das Loch in der Ziegelwand. Mio und ich folgen.

Es ist dunkel. Die Fenster sind verschlossen und wurden mit Brettern vernagelt. In dem unheimlichen Haus stinkt es nach Schimmel. Überall sind knarrende Geräusche zu hören, obwohl ich denke, dass wir die einzigen Personen in diesem Gebäude sind.

Raxia tastet sich blind durch den unbekannten Raum. Sie nutzt dabei eine Wand als Wegführung.

„Können wir bitte am Ausgang bleiben?", fragt Mio unsicher. Er bewegt sich keinen Zentimeter von dem Loch in der Wand weg.

„Erst müssen wir kontrollieren, ob wir allein sind. Raxia, wo bist du?"

„Hier ist niemand außer uns", flüstert Mio.

„Das kannst du nicht wissen. Schieb jetzt aber erst mal wieder die Tonne vor das Loch. Wäre blöd, wenn uns jemand von draußen findet."

„Aber dann ist es komplett finster."

Ich habe auch Angst im Dunkeln, aber ich lasse sie mir nicht anmerken. Mio hingegen macht sich fast in die Hosen.

„Dich wird schon keiner fressen." Ich gehe zurück auf die Knie und verschließe den Eingang. Die Schwärze der Finsternis hüllt uns ein. Mio greift ängstlich, aber fest, meine Hand. Er zittert. Ich fühle seine Panik.

„Steh auf", sage ich zu ihm und ziehe ihn auf die Beine. Er hält meine Hand immer noch fest umschlossen und kann sich vor lauter Angst kaum bewegen. Meine Augen gewöhnen sich zunehmend an die Dunkelheit. Ich erkenne schemenhaft die Umrisse des Raumes.

Raxia ist nirgends zu sehen. Ich peile die einzige Tür an, die sich hier befindet.

Mio hält mich zurück. „Können wir nicht warten?"

„Du kannst gern warten, ich sehe mich mal um."

Energisch schüttelt er den Kopf. Seine Finger krallen sich jetzt in mein Shirt.

„Gibt es auch irgendwas, wovor du keine Angst hast?" Vorsichtig setze ich meine Füße voreinander. Ich bin mir nicht sicher, wo ich hintreten muss und will nicht durch ein Loch in den Keller verschwinden. Ich taste mich wie Raxia an der Wand entlang ins Innere des Gebäudes. Mio folgt mir.

Der nächste Raum ist größer, total verstaubt und ein Loch klafft in der Mitte des Fußbodens. In der linken Ecke ist die Decke heruntergekommen. Behutsam führe ich Mio an dem Loch im Boden vorbei, direkt zur nächsten Tür zu unserer Rechten. Ich nehme an, Raxia wird hier durchgegangen sein. ‚Sie hätte auch auf uns warten können.'

Mio atmet schwer. Er trippelt mir hinterher und rückt mir zunehmend auf die Pelle. Ich kann keinen Schritt rückwärts machen, ohne auf seine Füße zu treten.

Die Dielen hinter der Tür knarren bedrohlich. Ich bleibe stehen und sehe mich um. Vorsichtig mache ich einen Schritt nach vorn. Ich spüre, wie die Holzbretter unter meinem Gewicht nachgeben. Das ist nicht gut.

„Scheiße." Ich suche in der Dunkelheit nach Raxia. „RAXIA?" Mio zuckt zusammen. Keine Antwort. Vielleicht ist sie doch in eine andere Richtung gelaufen. Ich glaube nicht, dass sie so waghalsig ist und den unsicheren Boden einfach ignoriert hat.

„Wir kehren erst mal um", sage ich zu Mio, der ängstlich nickt. Ich taste mich an ihm vorbei und wir gehen in den Raum mit dem kaputten Fußboden. Ich sehe noch eine zweite Tür direkt unter der eingestürzten Decke. Neugierig schaue ich in das Loch. Es ist pechschwarz. Das ist echt unheimlich.

Plötzlich ist ein Knacken aus den Tiefen des Kellers zu hören. Mir bleibt für eine Sekunde die Luft weg. Tiefe, dunkle, knackende Löcher in Ruinen sind nicht gerade die Nummer eins auf meiner Bucketlist.

„Reiß dich zusammen", sage ich streng zu Mio.

„Ich will hier raus", wimmert er. „Ich kann die Monster sehen."

„Stell dich nicht so an. Sei ein Mann, verdammt." ‚Scheiße, von welchen Monstern labert der?'

Eine Gestalt taucht vor uns auf.

„AHHHH!"

Raxia ist unbemerkt durch die andere Tür gekommen. Sie kichert nach unserer Darbietung im *Synchronerschrecken*.

Aus Erleichterung gehe ich einen Schritt zurück. Da Mio immer noch direkt hinter mir steht, schiebe ich ihn weg. Er stolpert und fällt rückwärts in Richtung des Loches im Fußboden. Ich erwische seinen Arm und kann ihn nach vorne reißen. Wir liegen beide auf dem Boden und schauen uns in die Augen, als ein Ruck durch seinen Körper fährt.

„Scheiße. Raxia hilf mir", brülle ich, als ich merke, wie Mio meinen Fingern entgleitet. Sofort ist Raxia zur Stelle. Sie packt Mios Arm und redet auf ihn ein, dass er ruhig bleiben soll. Er tritt nach etwas in der Dunkelheit.

„Hör auf zu zappeln!", rufe ich.

„Was ist da Mio? Was siehst du?"

Sein Körper beginnt wieder zu leuchten.

„Mist", flucht Raxia. „Mio, tu es nicht."

Sein Körper schwebt plötzlich. Er ist umhüllt mit dem grellen Licht seiner Energie. Es bringt den ganzen Raum zum Strahlen. Ich schütze meine Augen mit meinem freien Arm. Mit der anderen Hand halte ich ihn immer noch fest, spüre jedoch keinen Widerstand mehr.

„Milan, wir müssen hier raus!"

„Was redest du da?"

„Seine Energie ist außer Kontrolle. Komm jetzt."

„Aber wir können ihn doch nicht ..."

„Los!" Sie zerrt mich von ihm weg. Gemeinsam fliehen wir aus der Hausruine. Raxia kickt die Mülltonne um und wir kriechen durch das Loch nach draußen. Wir kommen gerade noch auf die andere Straßenseite, bevor uns eine Erschütterung von den Füßen reißt.

Ich war vorher schon alle, aber der ganze Stress und der Schmerz geben mir den Rest. Meine Gliedmaßen lösen sich auf.

Die Hausruine steht schief. Ein Teil des Gebäudes ist im Erdboden versunken. Es fehlt nicht mehr viel, dann kracht das Haus zusammen.

KAPITEL 7

Ich sitze vor dem zerstörten Haus. Raxia ist aufgrund meiner Erschöpfung allein zurückgegangen, um Mio zu retten. Irgendwann höre ich ihre Stimme in meinem Kopf.

x |Ich brauche hier deine Hilfe. Mio ist mir zu schwer.| x

x |Hast du vergessen, dass ich mich bereits auflöse?| x

x |Du kannst dich trotzdem bewegen, auch wenn deine Beine nicht mehr sichtbar sind. Komm her, sonst kann ich uns nicht teleportieren.| x

x |Teleportier dich doch mit ihm zu mir.| x

x |Er ist bewusstlos und kann sich nicht festhalten.| x

x |Da bringt es aber auch nichts, wenn ich zu euch komme. Mio wäre immer noch bewusstlos, sodass wir eh nicht zurück ins Nichts können.| x

x |Die Explosion war für alle Menschen in der Umgebung zu hören. Es dauert bestimmt nicht lange, bis die Polizei kommt. Was willst du ihnen dann sagen? Sie werden nicht damit klarkommen, dich so zu sehen. Wir müssen uns in der Dunkelheit der Ruine verstecken, bis Mio erwacht. Die Polizei wird das einsturzgefährdete Gebäude hoffentlich nicht betreten. Wir haben hier drin also die besten Chancen, unbemerkt zu bleiben.| x

Ich seufze. Raxia hat recht. Hier draußen falle ich mit meinem ramponierten Körper zu sehr auf.

Es ist äußerst schwierig zu laufen, wenn man seine Beine nicht sehen kann. Mit geschlossenen Augen geht das besser. Mein Körper weiß instinktiv, wie er sich bewegen muss. Blind setzte ich einen Fuß vor den anderen, nachdem ich mich vergewissert habe, dass ich nicht von einem Auto überfahren werde.

Die Explosion muss die Nachbarn wachgerüttelt haben. In einigen Wohnungen wird Licht angeschaltet. Beeilung. Mühselig schleppe ich mich an die Stelle, an der ich den Zugang vermute. Nur finde ich keinen Eingang mehr.

x |Milan, wie lange dauert das noch?| x

x |Verrate mir, wie ich reinkomme. Das Loch ist verschüttet und ich bin kein Maulwurf.| x

x |Ich habe auf der Rückseite ein Fenster gesehen.| x

x |Okay, ich versuche es.| x

So schnell es mir möglich ist, humple ich auf die Rückseite der Hausruine. Mühsam klettere ich durch das beschriebene Fenster. Mein Rumpf ist schon bis zum Bauchnabel transparent.

x |Bist du drin?| x

x |Ja, aber es ist nicht mehr viel von mir da.| x

x |Geh durch die Tür, wir warten hinter der Treppe.| x

Schwerfällig ziehe ich mich am Fensterrahmen auf die Beine. Ich taste mich voran. Noch vor der Tür falle ich polternd um.

x |Milan? Warst du das?| x

x |Ich komm nicht weiter.| x

x |Warte, ich helfe dir.| x

Die Tür vor mir geht auf. Raxia bückt sich und greift unter meine Arme. Sie dreht mich auf den Rücken und schleift mich mit.

„Mann, bist du schwer."

„Dabei ist doch kaum noch etwas von mir übrig."

„Hör auf zu sprechen. Das verbraucht auch Energie. Unterdrücke deinen Reflex zu atmen. Tote brauchen keinen Sauerstoff. Du musst deinen gesamten Energieverbrauch herunterfahren."

‚Die hat leicht reden. Hör auf zu atmen, – ja wie denn?'

Mühevoll schleift sie mich zu der besagten Treppe. Sie lässt mich neben Mio im Dunkeln liegen und setzt sich neben uns.

„Kommt es mir nur so vor, oder ist der Boden schief?"

„Natürlich ist der schief. Das ganze Haus ist schief. Und jetzt sei leise."

„Krass. Mio pennt, als wäre nichts gewesen. Was hat ihn denn so erschreckt? Mir kam es so vor, als habe irgendetwas versucht, ihn in die Finsternis zu ziehen."

„Sieh dir seine Beine an", seufzt Raxia. Sie kriecht zu ihm, um die Fetzen der Jeans bis zu den Knien hochzulegen.

Seine Hosen sind zerrissen und verdreckt. Ihm fehlt sogar ein Schuh. Würde ich es nicht besser wissen, könnte man meinen, der Kleine sei in eine Prügelei geraten.

Noch krasser finde ich die breiten Kratzer an seinen Unterschenkeln. Es sieht aus, als hätten sich Klauen in sein Fleisch gegraben. Der Anblick ist erschreckend.

„Wo hat er das her?", frage ich. „Wieso sind die Wunden pechschwarz? Hat er 'ne Blutvergiftung?"

„Nein, Milan. Dein Blut ist auch schwarz. Wir sind tot, schon vergessen?"

„Echt jetzt? Unser Blut ist schwarz?"

„Die Verletzungen sind von einem Fluchschatten."

„Das sind die missglückten Schattenaufsteiger?", erinnere ich mich an ihre Erklärung. Menschen mit Bosheit im Herzen können zu Schatten werden. Die, bei denen das misslingt, werden zu Fluchschatten.

„Ja, Milan. Sie ernähren sich von Angst und Leid."

„Ach du Scheiße. Er hatte vorhin irgendetwas von Monstern erzählt. Kann er diese Viecher etwa sehen?"

„Ja. Das konnte er bereits mit Vierzehn. Mio zieht diese Wesen aufgrund seiner extremen Furcht und seiner Aura förmlich an."

„Sind jetzt etwa auch Fluchschatten hier?" Mir läuft es eiskalt den Rücken hinunter. Ich hasse Geistergeschichten.

„Du sollst dich nicht aufregen, Milan."

„Dann sag mir, dass wir hier allein sind."

„Ich weiß es nicht. Ich kann sie nicht sehen. Jetzt hör endlich auf, dich aufzuregen. Dein Körper besteht nur noch aus deinem Kopf und einem Teil deiner Brust."

„Dann schaff mich halt zurück ins Nichts und kehre ohne mich zu Mio zurück."

„Nein, denn in der Menschenwelt würde während der Rückkehr ins Nichts mindestens eine Viertelstunde vergehen. Das ist zu viel Zeit, um Mio hier allein zurückzulassen. Falls wirklich noch Fluchschatten vor Ort sind, warten sie nur darauf, ihn erneut zu packen. Solange wir in unmittelbarer Nähe sind, trauen sie sich nicht. Unsere gesamten Auren überschreiten ihre, weshalb sie sich neutralisieren würden, kämen sie mit uns in zu engen Kontakt."

„Das ist mir gerade zu hoch. Hol uns bitte einfach hier raus. Ich will nicht mehr hier sein."

Auf einmal bewegt sich etwas neben mir. Ich bekomme einen riesigen Schreck.

„Mio." Raxia hilft ihm beim Aufrichten. Verwirrt sieht er sich um. Er tastet nach seinen Beinen.

„Sieh nicht hin." Raxia versperrt ihm die Sicht, indem sie sich über ihn lehnt. Er versucht ihr auszuweichen. Als er mich erblickt, reißt er entsetzt seine Augen auf. Viel ist wohl nicht mehr von mir übrig. Gleichgültig sehe ich Mio an. „Buh."

Er beginnt zu kreischen. Wie ein Mädchen dreht er sich von mir weg und fängt an zu heulen. Ich muss lachen. Dieser Scherz ist mir gelungen. Eine kleine Rache, weil ich seinetwegen erst in dieser beschissenen Lage bin.

„Milan. Warum tust du das? Ich hab dir doch gerade erklärt, dass Mios Furcht die Fluchschatten anzieht."

„Jetzt meckere nicht und bring uns zurück ins Nichts. Ich hab keine Lust, nur noch als Kopf herumzuliegen."

„Für die Aktion sollte ich dich zurücklassen." Sie streichelt Mio. „Hör auf zu weinen. Milan geht es gut. Er hat dich nur erschreckt."

„Ja, hör auf zu heulen. Wegen deines Ausrasters steht die Ruine schief und es wimmelt hier bald vor lauter Bullen. Ich habe fast all meine Energie verloren. Aber mach dir bitte keine Sorgen. Es geht uns super."

„Milan!"

„Er lebt noch?" Schüchtern wirft Mio mir einen Blick über die Schulter zu.

„Nein, ich bin tot. Aber genug jetzt der Wortklauberei. Raxia, bring uns endlich zurück ins Nichts. Ich will mich nicht wegen der Pfeife auflösen."

„Mio, du musst dich jetzt wieder an mir festhalten." Von draußen sind Sirenen zu hören.

Ich stöhne laut auf. „Die Polizei, dein Freund und Helfer."

„Die Polizei?" Mio sieht mich panisch an.

„Wir müssen hier weg. Ich bringe uns zurück zum Portal. Milan, du – MILAN!" Raxia starrt mich geschockt an.

„Was?"

„Ich sehe nur noch deine Stirn. Du bist gleich weg."

„Na, dann lasst euch Zeit und plaudert noch ein wenig. Würdest du uns vielleicht endlich teleportieren?"

„Du bist schon zu schwach. Auch eine Teleportation kostet Energie. Deine reicht dafür nicht mehr."

„Was soll das heißen?"

„Dass du dich unterwegs auflöst und verschwindest."

„Super. Und was jetzt?"

Die beiden tauschen einen Blick. „Du musst es tun."

„Ich darf?", fragt er schüchtern.

Raxia nickt. „Ja, du musst Milans Energie wieder auffüllen. Zumindest so viel, dass er die Teleportation übersteht."

„Wie bitte? Mio kann so etwas?", frage ich, aber werde von ihnen eiskalt ignoriert. Plötzlich spüre ich seinen Blick auf mir. Er kniet sich neben mich und sieht äußerst nervös aus.

„Du musst es über seine Stirn machen", erklärt Raxia. „Mehr ist ja nicht mehr zu sehen."

„Was? Was soll er mit meiner Stirn machen?"

„Milan, sei bitte leise. Wenn dein Holzkopf verschwunden ist, war es das. Mio braucht deine Haut als Kontaktstelle."

Panisch sehe ich in sein Gesicht. Er schaut total verkrampft aus, als er sich zu mir runterbeugt.

„Ey, Alter. Was wird das? Wirst du wohl damit aufhören?"

Ich will ihn wegschlagen, jedoch gehen meine transparenten Hände durch ihn hindurch. Wehrlos muss ich erleben, wie Mio seine Stirn an meine legt. Er ist dabei knallrot im Gesicht. Als er seine Augen schließt, fühle ich Hitze an meiner Stirn. Es kribbelt und wird hell. Ich spüre, wie meine Kraft zurückkehrt.

„Das reicht. Den Rest holt Milan sich im Nichts."

Mio lässt nicht von mir ab. Er scheint regelrecht weggetreten zu sein.

„Mio, hör auf! Milan, tu doch etwas. Er darf nicht seine ganze Energie in dich lassen."

Ich greife seine Schultern und drücke ihn weg. Die Hitze und das Kribbeln verschwinden. Mio sackt bewusstlos auf mir zusammen. Raxia hilft mir, ihn von mir herunterzurollen. Vorsichtig legen wir ihn auf den Boden.

„Was war das für eine kranke Show?"

Sie beginnt ihn zu untersuchen. „Ich weiß nicht …"

„Macht dich das an?", frage ich skeptisch wegen ihrem seltsamen Interesse an seinem Körper.

„Ich will nur sichergehen, dass er sich nicht auflöst, weil er zu viel seiner Energie abgegeben hat." Sie zählt sogar seine Zehen nach.

„Wenn er jetzt aufwacht, dreht er durch. Du darfst ihn nicht anfassen."

„Puh, alles noch dran."

„Du bist echt seltsam."

„Das ist doch alles nur deine Schuld."

„Hallo? Ist jemand da drin?" Wir schauen uns an. Irgendjemand hat uns gehört.

x |Klasse gemacht.| x, sage ich Raxia telepathisch.

x |Du hast mich provoziert Milan.| x

x |Dir gehen auch nie die Ausreden aus, oder?| x

„Hallo? Hier spricht die Polizei. Ich habe Sie gehört. Verlassen Sie umgehend das Gebäude. Es gab eine Explosion und das Haus ist einsturzgefährdet. Sie schweben in Lebensgefahr."

x |Was machen wir jetzt?| x

Ich rolle genervt mit den Augen. x |Na, was wohl? Wir bleiben hier.| x

x |Und wenn die Polizei reinkommt?| x

x |Machen die nicht. Die warten auf die Feuerwehr. Wir haben also noch Zeit.| x

x |Und wenn die doch reinkommen?| x

x |Jetzt scheiß dir nicht ein. Wir sind bereits tot. Uns kann also rein gar nichts passieren.| x

x |Aber wenn die uns verhaften und voneinander trennen, können wir Mio nicht mehr beschützen.| x

x |Der hat ein Haus zum Einsturz gebracht. Wenn hier jemand beschützt werden muss, dann sind wir das. Unser Glühwürmchen kann gut auf sich allein aufpassen.| x x | Er kann sich aber nicht kontrollieren. Sollte ihm so etwas im Streifenwagen passieren, werden Menschen verletzt, vielleicht sogar getötet. Er käme dafür in die Quälerei. | x

x | Als ob Fatum freiwillig seinen Wunderknaben wegsperrt, bevor der Malum gekillt hat. Das glaubst du doch selbst nicht. | x

Plötzlich hören wir Schritte im Haus.

„Hallo? Sind Sie hier irgendwo?"

x | Wir haben also noch viel Zeit, bevor die reinkommen? | x

x | Woher soll ich denn ahnen, dass wir es mit einem ganz engagierten Cop zu tun haben? | x

Der Schein einer Taschenlampe dringt durch den Türspalt. Jetzt heißt es Nerven behalten. Hurtig packe ich Mio und hieve ihn mir über die Schulter. x | Die Treppe runter. Aber sei leise. | x

Wir flüchten in den Keller. Hier unten ist es stockfinster.

x | Raxia, ich sehe nichts mehr. Lass uns vielleicht einfach hier warten. | x

x | Okay … | x

Stumm verweilen wir am Fuße der Treppe und starren nach oben. Falls der Polizist auf die Idee kommt, uns auch hier unten zu suchen, müssen wir schnell weiter. Aber bisher sieht es gut für uns aus.

Mio bewegt sich auf meiner Schulter. Ich hoffe, ich kann ihn noch eine Weile in dieser Position halten. Ich lege meine Hand auf seinen Hintern, damit er nicht fällt.

x | Mio, ich bin's. Bitte sei leise. Während du ohnmächtig warst, ist die Polizei hereingekommen, weil sie Raxias schrille Stimme gehört haben. | x

x | Deine auch, Milan. | x

x | Lass mich runter | x, denkt Mio.

x | Moment. | x Unverzüglich setze ich ihn auf seinen Beinen ab. Er geht sofort auf Abstand. Dabei stolpert er gegen Raxia. Die beiden verlieren das Gleichgewicht und fallen um.

„Sind Sie da unten? Geht es Ihnen gut?"

Der Schein der Taschenlampe streicht über die Stufen nach unten. „Hallo. Wo sind Sie?"

In letzter Sekunde kann ich die beiden in eine Nische zerren. Das Licht geht direkt an uns vorbei. Im Schatten kann uns der Polizist nicht sehen. Mio wimmert. Ich halte ihm den Mund zu.

x | Hör auf zu heulen. Wenn der uns hört, sind wir geliefert. | x

x | Nimm deine Hand weg! Hier ist es dunkel. Sie sind hier. | x Mir läuft es eiskalt den Rücken runter.

x | Siehst du wieder diesen Fluchschatten? | x

Mio schluchzt laut auf. Er versucht sich mit allen Mitteln gegen mich zu wehren. Noch kann ich ihn im Zaum halten, aber lange schaffe ich es nicht mehr.

x | Raxia, lass dir bitte irgendetwas einfallen. Ich hab Angst, dass er wieder ausrastet. | x

x | Dann stellen wir uns. | x

x | Was? | x

x | Ja, es nützt nichts. | x

x | Aber … | x

Raxia quetscht sich an uns vorbei und verlässt die schützende Nische. Der Polizist erschrickt, als sie sich vor ihn stellt. Reflexartig weicht er zurück und legt die Hand an seine Waffe. Raxia hebt die Hände.

„Es tut mir so leid", schluchzt sie. „Ich bin meiner Katze hinterhergelaufen, aber ich kann sie nicht finden. Haben Sie Flauschi gesehen? Sie ist schwarz und hat ein rotes Halsband mit Glöckchen."

x | Flauschi? | x

x | Halt die Klappe. Ich rette uns gerade den Hintern. | x

„Junge Dame!", spricht der Polizist sie an. „Sie haben mir einen gehörigen Schrecken eingejagt."

„Bitte sagen Sie mir, dass Sie Flauschi gefunden haben."

„Sich hier drin aufzuhalten ist lebensgefährlich und verboten. Bitte folgen Sie mir sofort nach draußen."

„Aber meine Flauschi."

„Wir müssen jetzt erst mal hier raus. Ihrer Katze geht es sicher gut."

„Ich gehe nicht ohne Flauschi", heult Raxia, aber wird plötzlich still. „Da, ich habe sie gehört. Sie ist oben", ruft sie und rennt wie von der Tarantel gestochen zur Treppe. Der Polizist folgt ihr zurück in die obere Etage.

„Junge Dame, das ist kein Spaß."

„Flauschi. Wo bist du?"

Die Stimmen von Raxia und dem Polizisten verschwinden. Es sind nur noch ihre Schritte über uns zu hören. Der Dreck rieselt durch die Decke auf unsere Köpfe. Wir sind vorerst sicher.

x |Ich lenke ihn ab. Ihr beiden seht zu, dass ihr tiefer in den Keller kommt ohne auf Fluchschatten zu stoßen. Ich werde mich zu euch teleportieren, sobald der Polizist mich aus den Augen verloren hat. Anschließend verschwinden wir zu dritt.| x

x |Guter Plan. Hut ab.| x

x |Danke. Und jetzt mach Licht, damit Mio keine Angst mehr hat. Er darf nicht wieder die Kontrolle verlieren.| x

Ich bin beeindruckt von ihrer schnellen Reaktion. Die verrückte Katzennärrin zu spielen, liegt ihr im Blut.

Meine Hand ist von Mios Rotz beschmiert, als ich ihn aus meinem Griff entlasse. Angeekelt wische ich sie an seinen Klamotten ab, bevor ich mich aus der Nische quetsche. Mio sackt auf die Knie. Er schluchzt und wimmert. Ich ignoriere seine Gefühle. Einer muss ja tapfer bleiben.

„Ich mach 'ne Lichtkugel, dann wird es etwas heller." Ich bündle eine winzige Menge an Energie in meiner Hand und lasse sie als Kugel über meiner Handfläche schweben.

„Geh weg", schluchzt Mio. „Lass mich in Ruhe."

Schweigend richte ich die Lichtkugel auf die Nische. Mio kauert mit dem Rücken an der Wand und umklammert seine Knie. Eine seiner Haarsträhnen schwebt in der Luft. Ich schlucke, als ich diesen Fehler bemerke. ‚Wieso schwebt die Strähne in der Luft?' Es sieht so aus, als ob etwas Unsichtbares mit Mios Haaren spielt.

„Mio, komm sofort zu mir!"

„Geh weg", schluchzt er. Eine zweite Strähne beginnt zu schweben. Dann eine Dritte. Sie flechten sich von allein in der Luft.

Ich hatte selten so eine Angst. Ohne weiter darüber nachzudenken, stürme ich in die Nische, packe seinen Arm und zerre ihn mit mir. Er schreit vor Schmerz auf.

Sein Kopf wird zurückgerissen.

Es lässt ihn nicht los. Ich feuere die Lichtkugel aus meiner Hand in die Nische. Es kracht und blitzt und wir werden zurückgeschleudert. Ich schütze Mio mit meinem Körper. Wir knallen an die Treppe. Kurz darauf zerrt dieses Etwas an seinen Beinen.

„Aua!"

„Scheiße. Du kannst deine Kraft jetzt nicht einsetzen, dann sind wir geliefert. Ich beschütze dich." Hektisch forme ich eine weitere Kugel in meiner Hand. Echt blöd, dass ich so schlecht in dieser Art zu kämpfen bin. Ein Faustkampf wäre mir lieber gewesen.

Ich schleudere die Energie blind zu Mios Füßen auf den Boden. Der Druck auf seine Beine lässt nur kurz nach.

Ist das ein Fluchschatten? Siehst du ihn?"

„Ja", schluchzt er. „Er soll verschwinden."

„Ich kann ihn nicht treffen, wenn ich ihn nicht sehe. Sag mir, wo er ist, damit ich zielen kann."

„Ich kann nicht."

„Reiß dich zusammen."

„Ich kann mich nicht bewegen. Er ist unter mir."

„Scheiße. Wenn ich runtergehe, zieht er dich weg. Gibt es eine Möglichkeit, dass ich ihn sehe?"

„Keine Ahnung."

„Wie sehen sie aus?!"

„Ahhh. Ziel auf meine Beine."

„Okay. Aber beweg dich nicht." Mios Körper beginnt unter mir zu leuchten. „Scheiße, reiß dich zusammen."

„Ich versuche es ja. AUUAA! DAS TUT WEH!"

Mir läuft die Zeit davon. Ich bündle eine große Energiemenge in meinen beiden Händen und ziele. Mios Beine sind schwer zu treffen. Sie fliegen hin und her. Ich versuche ruhig zu bleiben. Der Schuss muss sitzen.

Plötzlich spritzt Blut aus Mios linkem Bein. Die schwarzen Tropfen klatschen mir ins Gesicht. Einige scheinen in der Luft zu schweben und bewegen sich. Bevor mein Verstand erfassen kann, was gerade passiert, schreit mir mein Unterbewusstsein zu, das die Tropfen an dem Schatten kleben müssen.

Jetzt kann ich ihn sehen.

„AHHH!" Mio heult qualvoll auf.

Seine Energie wird stärker. Mir verbrennt bereits der Arsch, weil seine Aura so viel Hitze absondert. Zielsicher pfeffere ich dem Fluchschatten meine geballte Energiekugel ins Gesicht.

Ein Fauchen, welches nicht von dieser Welt zu sein scheint, ertönt. Meine Energie versinkt im Körper unseres Feindes, bis er explodiert. Es regnet helle Funken, wie bei einer Silvesterrakete.

„Das wars, Mio." Ich klettere von ihm herunter und packe ihn am Kragen. Er beißt unter Schmerzen die Zähne zusammen. Sein Körper krampft.

„Sieh mich an. SIEH MICH AN."

Orientierungslos sausen seine Pupillen aufgeregt herum. Klatsch. „Hier bin ich!" Nach der Ohrfeige habe ich seine Aufmerksamkeit.

Sein Mund formt sich zu einem O und er schaut mich an. Ihm treten die Tränen in die Augen. Sein Blick wird weicher.

„Jetzt beruhige dich. Wir haben es geschafft. Du bist in Sicherheit."

Meine Worte zeigen Wirkung. Mios Aura kehrt in seinen Körper zurück. Er sieht mich erschöpft an. Ich atme tief durch.

„Scheiße, das war knapp."

„Danke", stammelt er. „Du hast mir – geholfen." Er fängt an zu schluchzen.

„Hast du echt gedacht, ich überlasse dich diesem Vieh zum Fraß?"

„Mir hat noch niemand – unter Einsatz seines Lebens geholfen." Wimmernd versteckt er sein Gesicht hinter den Händen.

Schweigend nehme ich ihn in den Arm. Als er bemerkt, dass ich ihn halte, stockt ihm kurz der Atem. Anstatt mich wegzuschieben, wie ich es erwarte, zieht er mich zu sich heran. Seine Finger krallen sich in meine Kleidung, während er sein Gesicht an meiner Brust vergräbt und heult.

„Äh – Mio – reiß dich doch mal zusammen. Wenn das hier einer sieht."

„Du hast mir geholfen. Du hast mir wirklich geholfen", schluchzt er pausenlos.

Plötzlich leuchtet uns der Polizist mit seiner Taschenlampe ins Gesicht. „Was tun Sie da?" Er steht am oberen Ende der Treppe und schaut uns mit fragendem Blick an.

‚Verdammt.'

Unerwartet reißt der Herr Wachtmeister erschrocken die Arme in die Luft und purzelt uns entgegen. Er bleibt bewusstlos am Fuß der Treppe liegen. Raxia putzt sich mit einer übertriebenen Geste die Hände ab.

„So viel zum Thema: Wir verletzen keine unschuldigen Menschen."

„Das war ein Unfall", sagt sie.

Ich habe das Gefühl, das ein wenig Freude in ihrer Stimme mitschwingt. Sie flitzt an ihrem Opfer vorbei und kommt zu uns. „Wieso seid ihr voller Blut?"

Die Taschenlampe des Polizisten richtet ihren Lichtkegel wie ein treuer Bühnenbeleuchter auf Mios zerfetzte Beine.

„Deswegen der Krach", kombiniert sie erschrocken. „War das wieder ein Fluchschatten? Ihr solltet euch doch von ihnen fernhalten."

„Es war diesmal nicht meine Schuld. Ich habe Mio gerettet. Und uns auch, denn er hat die Glühwürmchen-Nummer schon wieder abgezogen."

„Ich fasse es nicht. Du hast allein einen Fluchschatten besiegt, Milan?"

„Ich hatte zwar etwas Hilfe von Mios Blut, aber ja, habe ich.".

Ein Stöhnen geht durch den Raum.

„Jetzt aber nichts wie weg. Unser Freund und Helfer wacht auf. Fasst mich an. Ich bringe uns in Sicherheit."

„Wird auch Zeit."

Kurzerhand befördert sie uns zum Spielplatz bei der Schule. Wir landen im Gebüsch. Erleichtert richte ich mich auf und klopfe mir den Dreck von den Klamotten. „Endlich freier Himmel."

Auch Mio wirkt glücklicher. Er lässt sich erschöpft auf den Boden sinken und lehnt sich zurück. Raxia kniet sich neben ihn.

„Zeig mir deine Beine", sagt sie. „Ich heile deine Wunden."

„Kannst du das?", fragt er überrascht. Raxia schmunzelt. Sie greift nach seinen Beinen und legt sie ausgestreckt und behutsam im Kies ab. Ich beobachte die beiden grinsend von der Seite. Er ist ganz rot im Gesicht.

„Schaust du dir jetzt nicht seine Zehen an?", stänkere ich ein bisschen. Ihr Blick soll zornig wirken, aber die Erleichterung in ihren Gesichtszügen überwiegt deutlich. „Raxia scheint auf deine Füße zu stehen. Als du bewusstlos warst, hat sie ein bisschen mit ihnen gespielt."

„W-Was?", fragt er beschämt. Sein Kopf leuchtet wie eine Ampel.

„Was für ein süßes Paar", witzle ich.

„Du spinnst doch. Ich stehe nicht auf seine Füße."

„Ach nein? Auf wessen Füße stehst du dann? Soll ich dir mal meine zeigen?"

„Du bist ja widerlich. Los, verzieh dich. Geh dir irgendwo das Blut aus dem Gesicht waschen."

„Oh, ihr wollt allein sein. Mondlicht, Sternenhimmel, – ich verstehe."

„Hau ab!"

„Hihi, viel Vergnügen." Amüsiert weiche ich dem Kies aus, den Raxia nach mir wirft. Dann winke ich zum Abschied und tue so, als würde ich tatsächlich gehen. Doch stattdessen verstecke ich mich in der Nähe im Gebüsch.

Raxia hält ihre Handflächen über Mios Beine und die Wunden beginnen zu heilen. Ich traue meinen Augen kaum. In nicht mal fünf Minuten sehen seine Stelzen wie neu aus.

„Wow", staunt er. „Es tut gar nicht mehr weh. Vielen Dank."

Raxia lächelt. „Schon gut. Es wäre schön, ich könnte auch lebende Menschen heilen, aber leider liegt das nicht in meiner

Macht." Sie verpasst ihm gleich noch neue Klamotten, damit er nicht mehr wie ein Straßenpenner aussieht. Er schaut sie wie ein Hündchen an, welches gerade einen Leckerbissen bekommen hat.

„Du bist echt toll", sagt er.

„Ach, das ist doch nichts weiter."

Nachdem Mio wieder fit ist, schweigen sie sich an. Das Einzige, was sie bewerkstelligen, ist sich auf die Schaukeln zu setzen und im gleichen Rhythmus zu schwingen. Ich will gerade wieder offiziell zu den beiden zurückkehren, als Raxia das Schweigen bricht.

„Du kannst Fluchschatten sehen."

„Ja ..."

„Kannst du auch andere Wesen der Schattenwelt erkennen?"

„Ich weiß nicht."

„Wenn du dich hier umblickst, was siehst du dann?"

„Ähm – einen Spielplatz."

„Nein, nicht das Offensichtliche. Sieh genauer hin."

„O-Okay." Mio gehorcht und lässt seinen Blick durch die Nacht wandern. Er wirkt konzentriert. Als er seinen Blick über das Gebüsch wandern lässt, hält er kurz inne. Er entdeckt mich in meinem Versteck, verpfeift mich aber nicht.

x | Sei still. Ich bin kein Spanner. Ich wollte nur wissen, was Raxia mir verschweigt | x, erkläre ich ihm in Gedanken.

x | Du siehst unheimlich aus.| x

x | Musst du gerade sagen, du Fluchschatten-Experte. Aber wenn du mich jetzt schon entdeckt hast, dann hilft mir wenigstens. Frag Raxia, was es alles mit Zodans Prophezeiung und uns Keys auf sich hat.| x

x | Warum?| x

x | Weil ich es wissen will. Los, du bist mir etwas schuldig. Dein Rotz klebt immer noch an meinen Klamotten. Und dein Blut in meinem Gesicht.| x

Mio seufzt, woraufhin Raxia ihn aufmerksam ansieht.

„Hast du etwas entdecken können?", fragt sie.

„Ja", meint er. „Einen unheimlichen Spanner im Gebüsch."

„Was?"

„War nur ein Scherz."

x |Das kriegst du wieder.| x

Mio schmunzelt, bevor er sich erneut Raxia zuwendet.

„Ich kann hier keine Fluchschatten sehen", erklärt er. „Und auch nichts anderes."

„Ach so. Na ja, es hätte ja sein können."

„Ist es normal, dass ich sie sehen kann?"

„N-Nein, also, ehrlich gesagt, weiß ich es nicht. In all den vergangenen Jahrhunderten konntest du das nicht."

„Hä? Ich bin doch erst sechzehn."

„Ja, dieser Körper ist sechzehn. Aber deine Seele steckte schon in anderen. Und das bereits sehr oft. Das ist einer der Gründe, weshalb du sehr viel deiner eigentlichen Kraft als Key eingebüßt hast. Deine jetzige Gestalt ist unsere letzte Chance, Malum zu besiegen."

„Du irrst dich. Ich bin nichts Besonderes. Ich habe ja noch nicht mal meine Kraft unter Kontrolle."

„Für mich bist du etwas Besonderes", antwortet Raxia bestimmt. Sie hüpft entschlossen von der Schaukel und schaut in sein rotes Gesicht. „Du bist der liebste Mensch, der mir je begegnet ist, Emilio. Genau das macht dich zu etwas Besonderem."

„Ich bin lieb?"

„Ja."

„Miaaauuuu." Neben mir steht eine Katze. Sie schmiert ihren Kopf an meinem Bein entlang. Ich erschrecke mich vor ihr und falle auf den Hintern. Die Katze rennt weg. Als ich aufschaue, steht Raxia vor mir. Ihre Augenbrauen berühren sich fast über ihrer Nase. Erwischt.

„Ich hab Flauschi gefunden", sage ich und renne weg.

„Eines Tages zahl ich dir deinen ganzen Mist heim."

„Wahhh. Hab Erbarmen."

KAPITEL 8

Der nächste Tag bricht an. Wir haben die Nacht über an einem Plan getüftelt, mit dem es uns gelingen sollte, dem entlaufenen Schatten auf die Schliche zu kommen.

Raxia wartet vor der Schule auf Mia.

x |Siehst du sie?| x, frage ich Raxia.

x |Noch nicht. Aber die ersten Schüler verlassen bereits das Gebäude.| x

x |Okay, dann halte uns auf dem Laufenden.| x

x |Ich übertrage euch unsere Stimmen während der Unterhaltung. Milan, du solltest mittlerweile stark genug sein, um diese Art Telepathie problemlos anwenden zu können.| x

x |Oh, war das etwa ein Lob?| x

x |Lass es mich nicht bereuen. Mia kommt jetzt.| x

Hoffnungsvoll sehe ich Mio an. Er sitzt, oder viel mehr zappelt, neben mir herum. Von unserer Stellung aus können wir im Notfall schnell die Verfolgung aufnehmen, sollte Mia stiften gehen. Unsere Tarnung ist perfekt. Zwei Jungs an einer Bushaltestelle.

„Hallo, entschuldige die Störung", sagt Raxia zu Mia.

Sie ist nicht erfreut. „Was willst du?"

„Ähm, ich habe ein kleines Problem. Hättest du kurz Zeit, um mir zu helfen?"

„Nein. Ich will mit euch nichts zu tun haben. Lasst mich in Ruhe."

„Mia, bitte. Es ist wichtig."

„Nein!" Sie ergreift die Flucht.

x |Milan, sie haut ab.| x

Als Mia an uns vorbei ist, nehmen wir die Verfolgung auf. Genauer gesagt, Mio tut das. Ich versuche zwar auch dranzubleiben, aber Mia ist echt schnell. Zum Glück verliere ich Mio nicht aus dem Blick.

„Sie ist ins Haus gerannt."

Erschöpft stütze ich mich neben ihm auf meine Knie. Ein Sprint im Sommer ist das Letzte. Mein T-Shirt klebt an meinem Körper.

„Milan, alles okay?"

„Sei still", keuche ich. Ausgelaugt setze ich mich direkt auf den Fußweg in den Schneidersitz. Dann lasse ich mich nach hinten fallen. „Boar, bin ich fertig."

„Brauchst du Energie? Deine Hände werden transparent."

„Was?" Verwirrt halte ich mir die Hände vor die Augen. Meine Finger sind verschwunden. „Nicht schon wieder."

„Warte, ich gebe dir etwas."

„Aber nicht zu viel, sonst dreht mir Raxia den Hals um." Mio schmunzelt. Er kniet sich neben mich und sucht eine geeignete Stelle. Er wählt meine Handflächen. Geduldig lasse ich zu, dass er meine Hand an seine Stirn legt, um meine Energie aufzuladen. Ich fühle mich danach gleich wesentlich besser. „Ich danke dir, meine Batterie."

Ich raffe mich auf und spähe um die Ecke zu Mias Haus. Sämtliche Jalousien sind geschlossen.

„Sie hat wohl echt Schiss", stelle ich fest.

„Sie hasst mich bestimmt", flüstert Mio mit herabhängendem Kopf.

„Das ist anzunehmen." Ich klopfe ihm aufmunternd auf die Schulter. „Mach dir nichts draus. Wenn wir sie vor einem Schatten retten können, ist es das wert."

Bevor wir Mia allerdings retten, müssen wir den Schatten erst einmal finden. Nun heißt es warten. Worauf, das wissen wir noch nicht. Ich versuche Raxia zu erreichen.

x | Milan, wisst ihr jetzt, wo sie wohnt? | x

x | Ja. Wir warten nur auf dich. Wo bleibst du? | x

x | Ich muss zu Meister Fatum. Er fordert einen Bericht. Unternehmt nichts und observiert Mias Haus. Scheinbar ist die Sache verzwickter, als ich anfangs gedacht habe. Pass auf Mio auf. | x

x | Wie meinst du das? | x

x | Der entlaufene Schatten ist offenbar ein Mensch, der in engen Zusammenhang mit Malum und Pirk arbeitet. Er besorgt neues Frischfleisch für das Netzwerk. Es könnte sein, dass sie Mia entführen und verkaufen wollen. Das müssen wir verhindern. | x

x | Wie bitte? Menschenhandel? | x

x |Pass bitte gut auf. Mio darf von diesem Verdacht nichts erfahren.| x

x |Hast du Sorge, er explodiert wieder?| x

x |Keine Ahnung. Ich will es aber auch nicht unbedingt herausfinden. Du weißt, wie sensibel er ist. Halt ihn von diesem Thema so gut es geht fern.| x

x |Jaja.| x

x |Danke. Ich verlass mich auf dich.| x

Nach dem Gespräch seufze ich. Mio schaut mich fragend an. Zum Glück weiß er nicht, in welcher Scheiße wir stecken.

„Alles okay?", fragt er.

„Ja, mir ist nur langweilig." Ich lehne mich genervt gegen den Gartenzaun hinter mir. „Ich hab langsam keinen Bock mehr. Los, erzähl mir etwas Interessantes."

„Und was?"

„Keine Ahnung. Irgendetwas Lustiges."

„Da kommt ein Auto."

„Häh?"

„Da kommt ein Auto angefahren. Es biegt auf das Grundstück ab."

Wir bringen uns in eine vorteilhaftere Position, um den Wagen besser beobachten zu können. „Geile Karre", staune ich, als ich den roten Sportwagen einparken sehe.

„Das ist sicher ihr Vater. Ob sie ihm erzählt, dass wir sie verfolgt haben?"

„Das werden wir merken, wenn er wieder rauskommt und uns sucht."

„Und was machen wir in dem Fall?"

Ich hebe gelangweilt die Schultern. „Weglaufen, was denn sonst?"

„Aber wohin?"

„Was weiß ich. Hauptsache, du explodierst nicht wieder."

Betrübt gleitet sein Blick zu Boden.

„Kopf hoch. Niemanden ist etwas passiert. Außerdem haben wir zusammen einen Fluchschatten platt gemacht. Zieh nicht so ein Gesicht."

„Aber ich hätte dich beinahe umgebracht."

„Ich bin doch schon tot. Du kannst mich nicht umbringen. Ich kann mich höchstens auflösen."

„Das will ich aber auch nicht."

„Och, wie süß." Grinsend kneife ich ihm in die Wange.

Er sieht mich entsetzt an, aber versteht den Scherz. Schmunzelnd wuschle ich ihm durch die Haare. „Wir warten jetzt, bis Mias Alter das Haus wieder verlässt, um auf Arbeit zu fahren. Dann verfolgen wir ihn. Raxia wird bis dahin ja hoffentlich wieder bei uns sein."

Verlegen streicht Mio sich die Haare wieder glatt.

Drei Stunden warten wir, bis er mich fragt, wie lange ich noch gedenke, die Position zu halten. „Wollen wir nicht lieber nachsehen, ob es ihr gut geht?"

„Wir warten, bis ihr Vater rauskommt und sie allein ist. Mach dir lieber Gedanken, wie wir sie zum Reden bringen."

„Ich möchte nicht mehr warten. Ich hab Angst. Irgendwie fühle ich, dass Mia in Gefahr ist."

Genervt sehe ich Mio an. Er weicht meinem Blick aus und schaut verlegen zu Boden. Ich hasse es, wenn mein Gegenüber seine Meinung nicht vertreten kann. Das ist anstrengend. Doch es bringt auch nichts, wenn ich ihn deswegen beleidige.

x |Milan?| x, ertönt Raxias Stimme unerwartet in meinem Kopf. Ich lege meinen Zeigefinger auf meine Lippen während ich Mio anschaue. Er nickt und schweigt.

x |Schön, von dir zu hören. Wie wars denn beim Chef? Du hättest beinahe den spaßigen Teil an dem Job verpasst.| x

x |Für deine Sticheleien ist jetzt keine Zeit. Wo seid ihr?| x

x |Immer noch bei ihrem Haus, wie abgemacht| x

x |Ist Mias Vater da?| x

x |Ja, er ist ins Haus gegangen und seitdem nicht mehr herausgekommen. Bisher ist auch nichts weiter passiert. Es sind keine Typen aufgetaucht, die Mia entführen wollten.| x

x |Das werden sie auch nicht. Ihr Vater ist der gesuchte Schatten.| x

x |Was? Ihr eigener Vater will sie verkaufen? Was für ein Scheiß ist das denn?| x

x |Hast du Mio irgendetwas davon gesagt?| x

x |Nein.| x

x |Gut. Wir werden ihm die Sache mit dem Menschenhandel verschweigen.| x

x |Ja. Ich verspreche es. Ich halte den Mund und unterstütze deine Lügen, die irgendwann auffliegen und uns das Genick brechen werden.| x

x |Ich werte das als Zustimmung.| x

x |Pfft.| x

x |Beschreibe mir bitte deine Umgebung, damit ich zu euch kommen kann. Stell dir am besten ein Bild von einem Punkt in eurer Nähe vor.| x

x |M-hm, wird auch Zeit.| x

Es dauert nicht lange, bis Raxia vor uns auftaucht.

„Wurde auch Zeit", wiederhole ich genervt. „Immerhin ist diese Observation auf deinem Mist gewachsen."

„Meister Fatum auf dem Laufenden zu halten, ist ebenfalls wichtig."

„Ja, ja. Jetzt sag, was die Echse gemeint hat."

„Meister Fatum bemängelt die Dauer unserer Mission. Die Zeit drängt. Wir müssen den entlaufenen Schatten finden und eliminieren."

„Hat er auch einen Tipp, wie wir das anstellen sollen?"

„Ich erzählte von der möglichen Verbindung von Mias Vater zu dem gesuchten Schatten – er hält es für den richtigen Ansatz."

„Hm. Der hat leicht reden. Das Treffen war also absolut sinnlos. War ja klar."

„Wir müssen die Sache schnell zu Ende bringen."

„Wie gehen wir jetzt vor? Stürmen wir gleich die Burg und machen den Feind platt?"

„Nein", faucht Raxia.

„Mias Vater verlässt das Haus", stellt Mio fest.

Überrascht sehen wir auf und folgen seinem Blick. Mias Vater steigt in seinen Sportwagen und fährt vom Grundstück.

„Er darf nicht entkommen. Ich verfolge ihn. Ihr beiden bleibt bei Mia. Wenn ihr irgendetwas Seltsames hört, geht sofort zu ihr."

„Okay." Jetzt geht mir alles wieder etwas zu schnell. Aber Raxia ist schon weg. Sie teleportiert sich hinter dem Wagen her.

„Mia ist also wirklich in Gefahr?" Mio sieht mich mit aufgerissenen Augen an und zittert.

Ich lege meine Hand auf seine Schulter. „Wir sind da. Wir lassen nicht zu, dass dem Mädel etwas passiert."

„Er ist ihr Vater. Mia liebt ihn …"

„Eltern sind eben manchmal eine Enttäuschung. So ist es nun mal. Sie wird damit schon klarkommen. Hauptsache, sie überlebt und wird nicht selbst zu einem Schatten."

„Das müssen wir verhindern."

„Schön, endlich mal Entschlossenheit in deinem Blick auflodern zu sehen. So gefällst du mir gleich viel besser." Grinsend setze ich mich zurück an den Gartenzaun. „Pflanz dich hin. Wir beobachten das Haus weiterhin und sobald Gefahr droht, gehen wir rein."

Ich kann mir vorstellen, dass Mio am liebsten sofort zu ihr stürmen würde, um sie zu beschützen. Aber Raxias Plan ist die bessere Taktik. Wir sitzen so zwar wieder nur dumm rum und warten, aber wir kennen jetzt unseren Feind. Zumindest ich kenne ihn. Allerdings nervt es mich, dass die blöde Echse so ungeduldig ist. Soll er seinen Scheiß doch allein machen, wenn wir ihm zu langsam sind.

Nach einer halben Stunde meldet sich Raxia und gibt an, das Bankgebäude ausfindig gemacht zu haben. Wir sind wieder einen Schritt weiter. Als Profi-Spannerin hat sie nun die perfekte Aufgabe für sich gefunden.

Ich dagegen langweile mich. Nachts ein Haus zu beschatten, welches von einer Schülerin bewohnt wird, ist nicht unbedingt eine aufregende Aufgabe. Es ist nach Mitternacht und Mia muss morgen wieder in die Schule. Sie wird schlafen.

Mio tankt mich ab und zu wieder auf. Wir warten bis zum Sonnenaufgang, reden kaum, werden aber von Raxia sporadisch auf dem Laufenden gehalten. Langeweile pur.

Am Morgen verlässt Mia das Haus. Sie ist dabei sehr aufmerksam. Hier stimmt mal wieder die Aussage: Wenn jemand paranoid ist, kann ja trotzdem etwas an seiner Verfolgungsangst dran sein.

Wir hängen uns an ihre Fersen und müssen vorsichtig sein, damit sie uns nicht entdeckt. Ihr Weg führt zur Schule, was keine große Überraschung ist.

„Und wieder warten", sage ich genervt und bleibe neben Mio stehen. Wir befinden uns hinter dem Schulgelände, verborgen im Schatten einer Hauswand. Mia hat gerade die Schule betreten.

„Sie sah gesund aus", sagt Mio. „Er hat ihr wirklich nichts getan."

Ich seufze. „Zumindest nicht äußerlich."

„Was meinst du damit?"

„Ach nix."

Es dauert weitere drei Stunden, bis Mia aus der Schule kommt. Wir haben uns aus Bequemlichkeit auf dem Spielplatz niedergelassen. Mia sieht sich suchend um.

„Was hat sie vor?" Diese Frage richte ich eher an mich selbst, aber Mio zuckt mit den Schultern. Sie verlässt das Schulgelände, überquert die Straße und kommt in unsere Richtung.

Wir müssen unser Versteck verlassen. Leise verbergen wir uns hinter dem Gebüsch, welches mir neulich schon als Sichtschutz diente. Wir können Mia jetzt bei dem Klettergerüst stehen sehen. Sie blickt sich um, aber wirkt unsicher.

„Ich weiß, dass du da bist", ruft sie unerwartet in die Stille. „Komm her, ich will mit dir reden."

Ich sehe zu Mio. Auch ihm steht das Fragezeichen auf der Stirn. „Hat sie uns gesehen?"

„Nein, ich denke nicht."

„Was machen wir jetzt?"

„Wir sollten hingehen, bevor ihr komisches Verhalten noch jemandem auffällt." Noch bevor Mio ablehnen kann, trete ich grinsend aus meinem Versteck hervor. „Du hast mich erwischt."

Mio wartet hinter dem Strauch. Schnell gehe ich zu Mia. Als ich sehe, dass sie Pfefferspray hat, bleibe ich stehen und hebe die Hände.

„Wow", lache ich. „Bleib cool. Ich hab nicht vor, dir etwas zu tun."

„Das würde ich dir auch nicht raten." Ihr ängstlicher Blick lässt die Drohung verpuffen.

Ich spiele mit und bleibe auf Abstand.

„Wo ist er?", fragt Mia.

„Wen meinst du?"

„Du weißt, von wem ich rede. Warum verfolgt ihr mich?"

„Du gefällst mir nun mal."

„Ich glaub dir kein Wort. Bleib ja weg von mir." Sie fuchtelt mit dem Pfefferspray in der Hand vor ihrem Gesicht herum. Ich lächle sie charmant an. Hoffentlich zeigt es Wirkung.

„Alles in Ordnung. Ich hab dir vorhin schon gesagt, dass ich dich nicht anfasse. Lass das mit dem Spray besser, bevor du es noch selbst abbekommst."

„Sag mir, wo Mio ist. Ich muss mit ihm reden."

„Was willst du ihm denn sagen? Ich werde noch ganz eifersüchtig."

„Das geht dich nichts an. Wo ist er?" Ihre Stimme wird schriller und ihr Oberkörper dreht sich langsam von mir weg. Sie will flüchten, das muss ich verhindern.

x | Mio, rede mit ihr. | x

x | Aber sie hasst mich. | x

x | Na und? | x

x | Was soll ich denn sagen? | x

x | Hör ihr einfach zu und sei nicht so feige. | x

x | Raxia wird das nicht gefallen. | x

x | Wenn du nicht gleich deinen Arsch vor das Gebüsch schwingst, zerre ich dich höchstpersönlich aus dem Gestrüpp. – Verstanden? | x

Mio gehorcht und taucht wenige Sekunden nach meiner Drohung hinter dem Strauch auf. Seine Füße heben sich kaum vom Boden und er schaut nach unten.

„Oh, sieh mal einer an", tue ich überrascht, um die Stille zu zerstören. „Mio war doch bei mir."

„Lass uns allein."

„Wie gemein. Aber okay", mein theatralisches Seufzen wird überhört. „Dann lasse ich euch beide eben allein. Aber rennt nicht wieder weg."

Mia nickt und wartet, bis ich mich vom Spielplatz entferne. Mio gebe ich telepathisch die Anweisung, mich mithören zu lassen.

Ich schlendere so unbekümmert wie möglich davon. Nun kann ich den Spielplatz zwar nicht mehr einsehen, aber höre ihre Stimmen deutlich in meinem Kopf. Um es dabei bequemer zu haben, setze ich mich auf den Fußweg und lehne mich an die Hauswand. Ich schließe die Augen. Dabei hoffe ich inständig, dass Mio es nicht versaut.

„Ist sie auch da?", fragt Mias Stimme.

„Wen meinst du?"

„Das rothaarige Mädchen. Hockt sie auch hinter einem Busch und beobachtet uns?"

„Raxia? Ähm nein."

„Ich trau euch nicht über den Weg."

„Mia, wo willst du hin?"

„Komm mit. Wir reden woanders."

,Wie ätzend, jetzt hauen die wieder ab', denke ich genervt und verfolge weiter das Gespräch. Dabei teilt mir Mio mit, dass sie in der Nähe spazieren gehen.

„Ich weiß jetzt alles von meinem Daddy. Du brauchst also nichts abzustreiten", sagt Mia nach einer Weile.

„Ich verstehe nicht …"

„Hör auf. Ich weiß, wer du bist. Es ist echt gemein von dir, es mir nicht zu sagen. Stattdessen belügst du mich und machst mir Angst. Du hast mir sogar deine seltsamen Freunde auf den Hals gehetzt und wir haben uns geküsst. Das ist widerlich."

„Hä?"

„Ach, lass es. Ich weiß, dass du mein Halbbruder bist. Ich habe das Foto gefunden."

„Ich versteh echt nur Bahnhof."

„Hör auf zu lügen. Es ist vorbei. Daddy hat es mir gestern Abend gesagt. Ich hab ihn mit deinem Bild konfrontiert und er konnte nicht mehr zurück. Er musste es zugeben, dass du sein Sohn bist."

„Was?!"

‚Scheiß die Wand an. Wenn das wahr ist …', schießt es mir durch den Kopf. Gespannt lausche ich weiter.

„Mio, jetzt tu nicht so! Du hast mich die ganze Zeit belogen und es zugelassen, dass ich mich in dich verliebe, obwohl wir Geschwister sind. Warum hast du das gemacht? Ich fühle mich schrecklich!"

„Ich soll dein Bruder …"

„An dir ist echt ein talentierter Schauspieler verloren gegangen. Würde ich nicht genau wissen, dass du Bescheid weißt, könnte ich dir deine Unschuldstour abkaufen. Doch es ist vorbei. Ich weiß alles. Sogar, dass dein Großvater gestorben ist. Du hast mich die ganze Zeit nur angelogen. Am liebsten würde ich dir dafür eine reinhauen."

„Das stimmt nicht. Dein Vater ist nicht …"

„Er hat blaue Augen, du hast blaue Augen. Er ist groß, du bist groß. Dieselbe Haarfarbe habt ihr auch. Mio, verkauf mich nicht für blöd. Es hat weh genug getan, als ich von meinem Daddy erfahren musste, jahrelang belogen worden zu sein. Tu du mir das nicht bitte auch noch an und sei endlich ehrlich."

„Es ist wahr."

‚Er gibt schon auf?'

„Ich wusste es! Wie konntest du nur?! Warum hast du zugelassen, dass wir uns küssen? Bist du pervers?"

„Es tut mir leid. Ich hab mich nicht getraut …"

„Ach, nur weil du ein Feigling bist, lässt du zu, dass ich mich in meinen Bruder verliebe?"

„Entschuldige …"

„Ich bin gerade so etwas von wütend auf dich!"

„Hatte er mit meiner Mama ein Verhältnis?"

„Als ob du das nicht wüsstest. Und wieso siehst du mich jetzt so an? Dir war das doch von Anfang an klar."

„N-Nein, das stimmt nicht."

„Du hast mich ausspioniert, verfolgt und mich belogen, obwohl es so viele Gelegenheiten gab, mir die Wahrheit zu sagen. Stattdessen hast du mich zum Narren gehalten. Warum?! Findest du das witzig?"

„Nein, ich wusste nicht …"

„Ach, hör auf. Du bist genau wie Daddy, – du lügst genauso beschissen wie er. Es kotzt mich an."

‚Die drehen sich im Kreis. Mia redet sich immer mehr und mehr in Rage. Hoffentlich beginnt Mio nicht wieder zu leuchten', denke ich besorgt.

„Und deshalb hast du mir lieber eine Todesangst eingejagt. Dachtest du, es würde so nie rauskommen?"

„Es tut mir leid …"

„Mir auch. Und Daddy genauso. Er hat mich gebeten, ihm zu verraten, wo er dich finden kann. Wo lebst du jetzt, nachdem dein Großvater gestorben ist?"

„Bei Milan."

„Der, der mich aus der Schule gelockt hat? Seid ihr ein Paar?"

„Nein!"

„Dass du das jetzt nicht falsch verstehst, ich bin dir immer noch böse. Du hast mich belogen und mir eine Heidenangst eingejagt. Außerdem bist du der lebende Beweis dafür, dass mein Daddy ein Scheißkerl wie jeder andere Mann ist. Dich eingeschlossen, denn du hast mich auch nur ausgenutzt, – das brauchst du auch gar nicht abzustreiten. Und trotzdem ist da etwas in mir, was dir vergeben will."

„E-Ehrlich?"

„Ja, vielleicht habe ich mich in dich verliebt, weil ich gespürt habe, dass wir verwandt sind. Irgendwie glaube ich, mich daran gewöhnen zu können, dass du mein Bruder bist. Ich wünsche mir natürlich, dass du das auch sein willst."

„Ja."

„Es wird noch lange dauern, bis alles irgendwie normal geworden ist, denke ich. Eine unangenehme Sache steht da aber auf jeden Fall noch an. Daddy hat mich gebeten, dich heute nach der Schule mit nach Hause zu bringen. Er würde gern mit dir reden. Er sorgt sich um dich."

„Tut er das?"

„Wie kannst du daran zweifeln? Er sucht Kontakt zu dir. Er wäre dir gern ein richtiger Vater und will, dass du ihm seine falschen Entscheidungen vergibst."

„Will er das?"

„Du klingst überrascht. Warum? Daddy hat mir gesagt, dass du ihm gegenüber immer abweisend reagierst, wenn er sich dir versucht anzunähern. Magst du ihn nicht?"

„Ähm …"

„Ich wäre an deiner Stelle auch sauer auf ihn, schließlich hat er dich bis jetzt total hängen lassen. Er war nicht mal bei der Beerdigung deiner Mutter. Kommst du trotzdem nach der Schule mit zu mir, um ihn zu treffen? Ohne deine seltsamen Freunde."

„I-Ich weiß nicht …"

x |Ja, du gehst hin.| x, mische ich mich ein. x |Und deine seltsamen Freunde werden in deiner Nähe sein. Ich vertraue dem Schatten nicht.| x

x |Ich will nicht zu ihm. Ich glaube nicht, dass Mama Papa betrogen hat. Meine Eltern haben sich geliebt.| x

Ich kann die Verzweiflung in seiner Stimme spüren.

x |Sag trotzdem zu. Wir brauchen Informationen. Raxia wäre bestimmt der gleichen Meinung.| x

x |Ich will Mia aber nicht weiter anlügen müssen.| x

x |Denk dran, du machst das, um sie zu beschützen.| x

Ich sehe ihn förmlich seufzen.

„Begleitest du mich nach der Schule, Mio?"

„M-hm …"

„Okay. Ich freue mich. Und Daddy wird sich auch sehr freuen, dich zu treffen."

„Wenn du meinst."

KAPITEL 9

Wir setzen den Plan in die Tat um. Raxia und ich beobachten das Haus, während Mias Vater zurückkehrt, um seinen *Sohn* in Empfang zu nehmen.

„Der Typ ist niemals Mios Vater", sagt Raxia. „Er führt etwas im Schilde. Wir müssen vorsichtig sein."

„Ich verlasse mich auf deine Spanner-Skills."

Wir warten, bis es dunkel wird. Ab und zu stellen wir zu Mio einen telepathischen Kontakt her, um auf Nummer Sicher zu gehen. Als der nach dem verabredeten 30-Minuten-Intervall unangekündigt ausbleibt, werden wir unruhig.

Der rote Sportwagen fährt aus der Garage.

„Das ist schlecht", ruft Raxia. „Ich verfolge ihn. Du bleibst hier und versuchst ins Haus zu kommen. Finde Mio!"

Mir ist klar, dass Raxia Recht hat. Etwas stimmt nicht. Ich bin mit ihrem Plan einverstanden. Während sie Mias Vater in dem Wagen erneut verfolgt, suche ich eilig einen Weg ins Innere.

Mein Finger betätigt den Klingelknopf.

Keine Reaktion.

Ich klingle dreimal schnell hintereinander. Es tut sich nichts. Nur ein Fenster wird im Nachbarhaus geöffnet. Ich sollte mich verstecken. Hinter der Treppe entdecke ich ein Kellerfenster. Bingo.

Ich trete vorsichtig mit dem Fuß dagegen. Das Fenster klappt auf. Mit ein paar Handgriffen löse ich es aus der Halterung. Vorsichtig hebe ich es heraus, um keinen unnötigen Krach zu machen und krieche mit den Füßen voran durch die Öffnung. Es ist eng, aber funktioniert.

Langsam lasse ich mich hinunter und halte mich mit den Händen am Rahmen fest. Unter mir sind Kisten gestapelt. Vorsichtig setze ich ein Bein auf die oberste Pappkiste. Diese scheint leer zu sein. Nicht brauchbar. Eine weitere Kiste, etwas tiefer, ist stabiler.

Leise steige ich hinab und stehe in Mias Keller. Ich klopfe mir den Dreck von den Klamotten, dann sehe ich mich um. Die Kellertür ist nicht abgeschlossen. Bevor ich mich hinaufschleiche, versuche ich wieder Mio telepathisch zu erreichen. Kein Erfolg. Eilig suche ich ihn im Haus. Im

Erdgeschoss ist nichts zu hören. Schritt für Schritt gehe ich leise nach oben, weil ich dort Mias Zimmer vermute. Hinter einer Tür höre ich ihre Stimme.

Stumm lausche ich. Mia singt. Sie scheint allein zu sein. Aber macht nichts. Vielleicht kann sie mir sagen, wo Mio ist. Zielstrebig drücke ich die Türklinke nach unten. Mia steht mit aufgerissenen Augen vor mir, ihr Mund formt sich zu einem stummen O. Sie reißt sich die Kopfhörer von den Ohren und schreit.

„Pscht, nicht so laut", sage ich zu ihr und schließe hinter mir die Tür. Sie will an mir vorbeirennen. Doch noch bevor ich sie zu fassen bekomme, macht Mia kehrt und rennt wie ein verschrecktes Kaninchen im Zimmer hin und her. Sie bleibt ruckartig vor dem Fenster stehen und rüttelt am Griff. Das kann böse enden.

Ich gehe die zwei Schritte zu ihr, umfasse ihren Bauch und hebe sie vom Fenster weg. Mia tritt und fuchtelt wild mit den Armen. Sie brüllt nach Hilfe.

„Ich will nur wissen, wo Mio ist!"

Weil Mia so zappelt, werfe ich sie notgedrungen aufs Bett. Sie setzt sich aufrecht und kriecht bis an die Wand. Ihr Atem erinnert an eine Dampflok unter Volllast.

Ihre Augen sind aufgerissen. Tränen laufen ihr übers Gesicht. Das nenn ich mal 'ne ausgewachsene Panikattacke.

Zum Glück sieht Mia nicht das schwarze Blut an meinen Armen. Da hat sie mich ziemlich erwischt mit ihren Fingernägeln. „Du bist ganz schön brutal", seufze ich.

Auf ihrem Schreibtisch entdecke ich eine Taschentuchbox. Ich nehme mir eines und tupfe das Blut weg. Ich behalte sie im Blick und kann erkennen, dass ihr Körper zum Sprung ansetzt. Genervt packe ich ihren Arm, als sie an mir vorbei in Richtung Tür flüchtet.

Sie schlägt kreischend nach mir.

„Hör jetzt auf! Ich will nur reden!"

„HAU AB! LASS MICH LOS!"

Ich muss sie ruhigstellen, bevor noch jemand etwas mitbekommt. Verletzen möchte ich sie aber auch nicht. Im

Gerangel schnappe ich mir ihren zweiten Arm, dreh ihr beide auf den Rücken und stoße sie mit dem Gesicht voran auf ihr Bett. Sie tritt nach mir und zielt dabei direkt auf meinen Schritt. Mit dem Gewicht meines Oberkörpers klemme ich ihre Arme ein und kann mit der freien Hand ihre Beine auf das Bett wuchten. Dabei muss ich aufpassen, dass sie mich nicht an meiner empfindlichsten Stelle erwischt.

„NEIN", heult Mia laut auf. „Nimm die Finger weg!"

„Sei doch mal ruhig. Ich will dir nichts tun. Ich will nur wissen, wo Mio ist."

„Bei meinem Vater!"

Shit, das hab ich geahnt. Schnell sende ich Raxia in Gedanken die neue Info. Es kommt auch für sie nicht überraschend. x|Bleib weiterhin bei Mia und frage sie aus. Vielleicht weiß sie, wohin ihr Vater Mio bringen will. Aber pass auf. Ich weiß nicht, ob Mia seine Komplizin ist.|x

Das Ausfragen kann ich zunächst vergessen. Mia zappelt panisch unter mir und ich habe Mühe, sie festzuhalten. Doch irgendwann schwindet ihre Kraft.

„Hilfst du mir jetzt, Mio zu finden?"

„Geh weg", schluchzt sie.

„Sei leise, beantworte meine Fragen und ich bin weg."

„Hau ab."

„Hast du mich verstanden?"

Ihr Schluchzen soll mir als Antwort genügen.

„Wenn du nicht wegrennst, lass ich dich los."

„Ja", haucht sie.

Ich glaube ihr kein Wort, möchte ihr die Chance jedoch lassen. Mia startet sofort einen Fluchtversuch. Das kann ich ihr nicht verübeln. Ich schubse sie um und bekomme sie wieder in den Griff.

„Reicht das jetzt?"

Sie sieht mich wütend an und spuckt mir ins Gesicht.

„HÖR AUF!" Die Spucknummer war echt zu viel. Ist das ekelhaft. ‚Wieso spucken mich Frauen neuerdings ständig an?'

Ich versuche die Rotze irgendwie an meinen Klamotten abzuwischen. „Reiß dich endlich zusammen, sonst tu ich dir wirklich weh."

Ich habe es mir leichter vorgestellt, sie zum Reden zu bewegen. Aber scheinbar ist dieses Mädchen ein kleines Kämpfertalent. Sie gibt nicht auf und wehrt sich. Tapferes kleines Biest.

„ICH HASSE DICH!"

„Was du nicht sagst."

„Lass mich los!"

„Sag mir, wohin dein Vater mit Mio verschwunden ist. Sein Wagen steht nicht mehr in der Garage."

Mias Blick ist voller Hass auf mich gerichtet, als sie erneut zum Spucken ansetzt.

„Wenn du mich noch einmal anspuckst, bereust du es."

Für einen Moment hält sie inne. Ihre Furcht ist zum Glück größer als ihr Zorn.

„Deine letzte Chance. Wo sind sie hingefahren?"

„Keine Ahnung."

„Verkaufst du mich für dumm? Sag die Wahrheit!"

„Ich weiß nicht, wo sie sind!"

„Habt ihr noch ein Haus?"

„Keine Ahnung."

„HAT DEIN ALTER NOCH IRGENDWO EIN HAUS?"

„Nein!"

„Bist du dir sicher?"

„Ja."

„Dann sag mir, wo sein Arbeitszimmer ist." – Mio hatte es kurz während der Telepathie erwähnt.

„Niemand darf in das Büro."

„Wo ist es?!" Ich mache mich absichtlich schwerer.

„Da hinten. Bitte, tu mir nichts. Es tut mir leid, dass ich dich angespuckt habe. Geh runter, bitte."

„Ich hab dir vorhin genug Gelegenheiten gegeben, zu kooperieren."

„Bitte, es tut mir leid. Ich mach alles, was du willst, aber geh runter."

„Ich lass los und du haust ab? Das hatten wir schon."

„Ich lauf nicht weg. Ich helfe dir, okay?"

Spätestens jetzt ist der Moment gekommen, in dem Mia mich wahrscheinlich für immer hassen wird. Sie will ernsthaft mit mir zusammenarbeiten, um ihre Haut zu retten. Ich habe ihr ganz schön viel Angst gemacht. Vielleicht habe ich es übertrieben. Aber wie soll ich Mio sonst helfen?

„Beantworte meine Fragen, dann lasse ich dich für immer in Ruhe."

„J-Ja, das mache ich. Bitte, geh weg. Ich mach es."

„Gut, deine letzte Chance. Vergiss das nicht."

Ich rutsche auf die Seite, sodass sie aufstehen kann. Sie gleitet von mir weg und steht vom Bett auf. Ich erhebe mich ebenfalls. Ihre Augen zucken wie wild hin und her. Sie sucht immer noch einen Ausweg. Sie ist verheult, aber sie beruhigt sich.

Ich wische mir erst mal gründlich das Gesicht ab.

„Grins nicht so dämlich", maule ich. „Du siehst auch nicht besser aus. Du hättest mir vorhin einfach die Tür aufmachen können."

„Du hast geklingelt?"

„Da fällt mir nichts zu ein."

„Ich hab Musik gehört."

„Pff, jetzt zeig mir das Büro. – Und hau bloß nicht ab."

„N-Nein", meint Mia eingeschüchtert. Sie traut sich nicht, mir den Rücken zuzudrehen. Damit setzen wir uns auch nicht in Bewegung. Genervt rolle ich mit den Augen.

„Umdrehen und einen Fuß vor den anderen. Los."

Sie steht wie angewurzelt da und macht nichts. Ich hoffe, die Schockwirkung lässt irgendwann nach. Ich packe ihre Schultern, um sie umzudrehen.

Sie zuckt zusammen.

„Das Büro. Wo ist es?"

Wir bewegen uns. Sie bringt mich zum Arbeitszimmer auf derselben Etage. Akten stehen herum und ein Computer befindet sich auf dem Glasschreibtisch mit den Holzschiebern. Ganz schön versnobt.

„Öffne die Schubladen."

„Die-die sind abgeschlossen."

„Wo ist der Schlüssel?"

„Ich weiß nicht."

„Hm, okay. Dann suchen wir jetzt eine Brechstange."

„N-Nein. Daddy wird sauer, wenn er erfährt, dass wir hier waren."

„Vor wem hast du mehr Angst?"

„I-Im Keller hat Daddy Werkzeug."

„Nach dir meine Liebe."

Den Keller kenne ich bereits. Ich lasse Mia nach der Brechstange suchen. Sie soll beschäftigt sein und nicht auf dumme Gedanken kommen. Ihr Blick auf das ausgehobene Kellerfenster ist Gold wert. Man kann richtig die Gedanken rattern sehen. ‚Ja, das war mein Eingang.'

„Ich finde keine …", flüstert Mia, nachdem sie eine Kiste mit Werkzeug durchsucht hat.

„Siehst du etwas anderes, womit die Schubladen aufzuhebeln gehen?"

„Ich weiß nicht. Du kannst ja mal nachschauen."

„Damit du mir mit einem Hammer den Schädel einschlagen kannst? Ich bin nicht dämlich."

„Nein, ich würde nie …"

„Komm, ich könnte es dir nicht verdenken. Stell dich da hinten in die Ecke." Ich gebe ihr eine leichte Pappkiste in beide Hände. „Dreh dich um und halte die Kiste fest." Verwirrt sieht sie mich an.

„Hopp, hopp. Umso schneller du bist, desto eher bin ich wieder weg."

Prompt dreht Mia mir ihren Rücken zu und ich beginne die Suche nach einem geeigneten Werkzeug. Mir sticht dabei eine große Metallfeile ins Auge. Das könnte funktionieren. Ich nehme sie in die Hand und sehe zu Mia, die brav in der Ecke steht und die Kiste hält. Beinahe schon niedlich.

„Ich hab etwas", sage ich. „Los, du gehst wieder voran. Die Kiste kannst du hierlassen."

Schweigend gehorcht sie.

Zurück im Arbeitszimmer, setze ich die Feile an die Schublade.

„Schau her, Mia. Vielleicht brauchst du das mal."

Keine zwei Sekunden, dann ist die erste Schublade offen. Ich durchsuche sie. Bis auf ein paar Stifte finde ich nichts. Nächster Schieber: wieder nichts. Auch bei den anderen entdecke ich nichts Brauchbares.

„Hat er sonst noch irgendwelche Regale?"

Mia starrt auf die offenen Schubladen. Sie sieht aus, als hätte sie etwas anderes erwartet. Sie schüttelt abwesend den Kopf.

„Denk nach."

Mia grübelt, atmet tief ein und geht selbstständig zur obersten Schublade. Dabei nimmt sie die Feile in die Hand, die auf dem Tisch liegt.

Ich gehe in Deckung.

Sie schaut mich erschrocken an. „Ich-ich wollte sie nur aus dem Weg räumen."

„Das will ich dir auch geraten haben."

Sie nickt gehorsam und durchsucht anschließend die Schublade mit den Stiften. Sie greift einen Kugelschreiber, den sie nachdenklich in beiden Händen festhält. „Darf ich dich etwas fragen, Milan?"

„Kommt darauf an."

Sie blickt mich vorsichtig an. „Stimmt es, dass Mio mein Halbbruder ist?"

„Was glaubst du?"

„Ich weiß nicht. – Mio sagte, ihr seid seine Freunde."

„So etwas in der Art."

„Was bedeutet das? Ich meine, – du bist ja eindeutig ein Krimineller. Du bist bei mir zu Hause eingebrochen und hast mich überfallen. Warum sollte ein guter Junge wie Mio mit jemandem wie dir befreundet sein?"

„Sei nicht so frech", zische ich.

„Entschuldige. Ich-ich wollte dich nicht provozieren."

„Ich hab Mio versprochen, ihn zu beschützen, und das mache ich. Deshalb bin ich hier."

„Wer ist Mio in Wirklichkeit?" Sie hält den Kugelschreiber behutsam in ihren Händen, als wäre er ihr größter Schatz.

„Was für einen Stift hast du da?"

Seufzend nimmt sie meine Entscheidung hin, nicht auf ihre Frage zu antworten.

„Der Stift gehörte meiner Mommy."

„Aha und inwiefern hilft uns das jetzt weiter?"

Bedächtig dreht Mia den Kugelschreiber. Sie öffnet die Halterung und entfernt die Miene. Es kommt ein Stück Papier hervor. Ich nehme ihr den Zettel aus der Hand. Darauf befindet sich eine 6-stellige Nummer.

„Was ist das?"

„Könnte vom Tresor sein."

„Woher hast du das gewusst?"

„Ich habe es vermutet."

„Mann, Scheiße, wie geil. Zeig mir den Tresor."

Mia rückt ein Bild zur Seite. Darauf hätte ich auch selbst kommen können. Der Code funktioniert. Die Tresortür öffnet sich.

Ich schiebe Mia ein Stück weg, damit ich nachschauen kann, was drin liegt. Oben auf dem Stapel Dokumente befindet sich ein Foto. Es sieht so aus, als ob es jemand schnell da hineingeworfen hätte. Ich nehme es heraus und keinen Augenblick später schauen mich Mios himmelblaue Augen an. Der Schatten hat tatsächlich ein Kinderfoto von ihm. Beobachten sie ihn schon so lang?

„Kanntest du Mio damals schon?", fragt Mia.

„Nein. Gib mir noch mal den Zettel. Da stand noch etwas drauf."

Auf der Rückseite befinden sich mehrere lange Zeichenfolgen. Die Erste ist durchgestrichen. „Schalte den Computer an." Mia gehorcht.

„Daddy hat einen gesicherten Ordner."

„Ich glaube, wir sind auf dem richtigen Weg."

„Das Passwort … Daddy muss es geändert haben. So ein Mist."

Ich halte Mia den Zettel unter die Nase. „Es muss eines von denen hier sein. Versuch das ganz unten. Das sieht aus, als wäre es schnell hingeschmiert worden."

„Ja, es klappt."

„Gut, such mir den Ordner."

Mias Finger sausen über die Tastatur. Ich trete neben sie und beobachte genau, was sie tut. Unzählige Klicks später findet sie dann tatsächlich etwas.

„Hier ist der passwortgeschützte Ordner."

„Hm, okay. Dann hoffen wir, dass es eines von denen auf dem Zettel ist." Das Vorletzte funktioniert und gibt uns den Ordner frei. In ihm befinden sich Bild- und Videodateien.

„Die sind auch von Mio, oder?", fragt Mia vorsichtig, als sie die Miniaturansichten entdeckt hat.

„Ja, ab jetzt siehst du besser nicht mehr hin."

„Was sind das für Aufnahmen?"

„Keine für deine Augen", vermute ich.

„Was geht hier vor?" Ihre Stimme beginnt zu zittern.

„Bleib ruhig. Hast du hier einen USB-Stick?"

Ihr treten Tränen in die Augen. Ich glaube, sie bekommt einen weiteren Nervenzusammenbruch. Ich wollte nicht wieder handgreiflich werden, aber es geht nicht anders. Ich darf die Kontrolle nicht verlieren.

Notgedrungen nehme ich Mias Handgelenk, zieh sie an mich und dreh sie dabei herum. Mein Arm schlingt sich um ihren Hals und ich nehme ihr die Luft, während ich ihren Körper fest an meinen presse.

„Beruhige dich."

Mia zerrt an meinem Arm. Ich lockere meinen Griff ein wenig, um ihr ein bisschen Sauerstoff zu gönnen. „Tief durchatmen", befehle ich und lasse sie langsam los.

Sie geht auf Abstand und greift sich an den Hals.

„Du schreist nicht."

Sie nickt ängstlich.

„Gut und jetzt gibst du mir einen USB-Stick."

„Da hinten …"

„Nein, du gibst ihn mir."

Zögernd tritt Mia vor. Ich sehe die Metallfeile auf mich zukommen. „Was zum …" Sie trifft mich am Kopf und ich taumele zurück. Etwas bringt mich zu Fall und ich lande im Regal. Ein dumpfer Schlag auf meinen Kopf.

Mia steht vor mir und hält die Feile in der Hand. Sie verschwimmt vor meinen Augen und ein schwarzer Punkt in der Mitte meines Sichtfeldes wird immer größer, bis mich die Dunkelheit einschließt.

Als ich wieder zu mir komme, sitze ich gegen das Regal gelehnt und entdecke neben mir einen Stapel Akten. Die Erinnerung kehrt zurück. Ich weiß, dass mir etwas auf den Kopf gefallen ist. Das waren die Aktenordner, nehme ich an. Scheißdreck. Ich kann meine Hände nicht bewegen. Die Göre hat mich gefesselt. Wie lange war ich weggetreten? „Was soll der Scheiß!"

Meine Sicht ist nicht mehr verschwommen, dafür rauscht mein Blut. Mia hat mir die Hände hinter dem Rücken gefesselt und auch die Füße sind mit breitem Klebestreifen zusammengeklebt. Cleveres Mädchen.

Ich suche hektisch mit meinen Augen im Zimmer nach Mia und entdecke sie vor dem Computer. Sie sitzt zitternd auf dem Drehstuhl ihres Daddys und heult. Sie reagiert nicht, als ich sie anspreche. „Hast du dir was angesehen?" Ich versuche aufzustehen.

Das klappt nicht. Ich falle zur Seite und lande auf meinem Gesicht. Wie eine fette Robbe auf dem Festland bringe ich mich wieder in eine bessere Lage. „Hast du es dir angesehen?!", schreie ich. Die Feile liegt in meiner unmittelbaren Nähe auf dem Boden.

„Das … das – ist nicht – echt …", schluchzt Mia. Sie starrt den Bildschirm an. Er ist schwarz.

„Du dummes Mädchen. Wieso hast du nicht auf mich gehört?"

„Er – er war das nicht."

„Jetzt bind mich los, verdammt!"

„Er war das nicht …" Mia ist nicht ansprechbar.

Egal, welche Aufnahme auch immer sie sich angesehen hat, sie ist paralysiert und steht unter Schock. Ich muss mir selbst helfen. Konzentriert leite ich meine Energie zu meinen Händen, bis der Klebestreifen schmilzt. Das brennt, aber was solls. Ich bin frei und entledige mich der Fußfessel. Anschließend ziehe ich Mia mitsamt Stuhl vom Bildschirm weg. Ich knie mich vor sie, damit ich ihr Gesicht sehen kann. Sie starrt durch mich hindurch.

Klatsch. Mia zwinkert und nach der zweiten Ohrfeige fokussiert mich ihr Blick. Sie fängt heftig zu heulen an und hält sich ihre rote Wange. Ich nehme sie in die Arme. Mia rutscht vom Stuhl, kauert sich vor mich und weint sich die Seele aus dem Leib.

Ich vergesse meine Kopfschmerzen und die Schürfwunden. – Vergesse unseren Kampf und die Situation. Mir ist gerade nur wichtig, dass Mia wegen des Schocks nicht tot umkippt. Leider beruhigt sie sich nicht wieder. Sie verheult ihre komplette Energie und hat sich vollends meiner Umarmung ergeben. Ich weiß nicht, was ich machen soll. Fakt ist, dass ich keine Zeit habe, mich weiterhin um sie zu kümmern. Ich knie, – wer weiß wie lange – auf dem Boden und versuche sie zu trösten.

Mia ist am Ende und ich muss Mio finden. Raxia meldet sich nicht. Irgendwas läuft hier total schief. Nach weiteren fünf Minuten erhebe ich mich unter Schmerzen vom Fußboden. Mein Bein ist eingeschlafen. Das macht es nicht leichter, Mia auf meine Arme zu heben. Darauf bedacht, sie nicht fallen zu lassen, schleppe ich sie in ihr Zimmer, um sie in ihr Bett zu legen. Mia rollt sich wimmernd zusammen. Ich decke sie zu.

Wenn die Aufnahmen vom Ritual sind, wird Raxia kurzen Prozess mit Mia machen. Aber vielleicht sind meine Sorgen auch umsonst und die Dateien haben einen anderen Inhalt. Ich sollte das überprüfen, um Raxia später Rede und Antwort stehen zu können. Außerdem suche ich immer noch nach einem Anhaltspunkt für Mios Aufenthaltsort.

Ich setze mich auf den Drehstuhl im Büro und blicke schweigend zum Bildschirm. Drei Sekunden lasse ich mir Zeit, noch einmal über meinen nächsten Schritt nachzudenken. Dann drücke ich auf Play.

Auf dem Bildschirm erscheint ein Zimmer. Die Kamera ist unter der Decke angebracht worden. Der Raum wirkt mit den schrägen Wänden wie ein Dachstuhl. Ich sehe ein Bett im Fokus. Kissen und Decke liegen schlampig darauf herum. Auf dem Boden vor dem Bett befindet sich auch noch irgendwas. Das ist aus dem Winkel aber nicht zu erkennen.

„Ich brauche deine Hilfe im Schlafzimmer. Hast du noch ein paar Minuten?", fragt eine männliche Stimme. „Ja." Eine Kinderstimme. War das Mio? Kurz darauf sehe ich zwei Personen neben dem Bett stehen.

„Bist du so nett und machst das Bett, Emilio? Ich kann mich so schlecht bücken, wegen meines Rückens."

„Ja, gern."

Der alte Mann sieht Richtung Kamera und grinst, während Mio seiner Bitte eifrig nachkommt und die Laken richtet. Danach kramt der Alte eine Digitalkamera aus dem Nachttischschieber und macht Fotos von Mio, dem das sichtlich unangenehm ist.

„Darf ich dich umarmen?", fragt der Kerl und kurz danach umklammert er ihn. „Ich habe sonst niemanden."

‚Mitleid', schießt mir durch den Kopf. ‚Der Perverse fährt die Mitleidsschiene. Dieses kranke Schwein.'

Er zwingt Mio aufs Bett. Mir dreht sich der Magen um. ‚Wieso wehrst du dich nicht? Schrei wenigstens! Irgendwas!'

Das reicht. Ich schalte den kranken Mist aus und kotze in den Papierkorb unter dem Tisch. Ein widerliches Gefühl durchströmt meinen Körper. Meine Hände zittern. Ich schwitze wie ein Schwein und kann nicht begreifen, warum ich mir das zugemutet habe.

Dieser Wichser … Meine Wut bringt meinen Körper zum Zittern. Das ist nicht auszuhalten. Ich muss es rauslassen. Sofort. Ich zerlege das ganze Zimmer. Mein Körper schmerzt durch die Anstrengung und ich spüre meine Energie entweichen. Ich muss zurück ins Nichts. Die Sache hat mich dermaßen geschafft, dass ich meine Seelenpartikel nicht mehr zusammenhalten kann.

‚Scheißdrauf', denke ich. ‚Löse ich mich halt auf. Diese Welt ist eh nicht mehr zu retten. Es ist alles sinnlos. Ich kann Mio nicht beschützen. Ich habe versagt. Hätte ich das eher gewusst, hätte ich dich nicht wieder auferstehen lassen. Es tut mir so leid.'

x |Milan| x, ertönt unerwartet Raxias Stimme in meinem Kopf. Konfus blicke ich mich im verwüsteten Büro um. Ich begreife nur langsam, dass sie telepathisch zu mir spricht.

x |Milan, wo steckst du?| x

x |Raxia, es ist furchtbar.| x

x |Wo bist du? Was hast du getan?| x

x |Ich habe ein Video gesehen.| x

x |Was für ein Video?| x

x |Von Mio und diesem ekelhaften, perversen, widerwärtigen … Es war so abartig. Mia hat es leider auch gesehen.| x

x |Kannst du nicht einmal auf mich hören? Mann!| x

x |Raxia, bitte ich muss hier raus.| x

x |Du machst mich echt fertig.| x

Sie taucht vor mir auf, sieht sich um, und erkennt die Verwüstung. Schockiert starrt sie mich an. Meine Gedanken rasen. In mir ist alles durcheinander.

„Wo ist Mia?"

„In ihrem Zimmer."

„Wir nehmen sie mit."

„Wohin?" Ich habe keine Kraft mehr. Meine Hände und Füße sind bereits verschwunden.

„Wo ist ihr Zimmer?"

Ich weise ihr den Weg. Raxia geht. Kurz darauf schreit Mia. Raxia bringt sie zielstrebig zu mir, packt mich am Arm und zerrt uns beide mit. Mir ist das alles zu viel.

„Schließt die Augen und lasst mich nicht los. Das ist kein Spaß. Augen zu und NICHT loslassen."

Ich schließe meine Augen nicht. Bewegungsunfähig warte ich, bis Raxia die Teleportation startet. Es dauert nur einen

Augenblick, dann befinden wir uns auf der Lichtung im Blutmondwald. Mia reißt die Augen auf, als sie die Veränderung bemerkt.

„Sieh mich an!" Raxia stößt Mia rückwärts gegen den mächtigen Stamm.

„Bitte, lass mich gehen", bettelt Mia verzweifelt. „Ich habe nichts gesehen."

Raxia hält ihren Blick gesenkt und beschwört Energie in ihrer Handfläche, die sich zu einem Dolch formt.

„Raxia. Nein!" Ich renne los, aber es ist zu spät. Sie sticht den Dolch direkt in Mias Herz. Mia starrt sie fassungslos an, bevor sie zu Boden geht. Ihre Hände tasten nach dem Dolch in ihrer Brust.

„Nein!" Ich halte Mias eiskalte, zitternde Hand. „Das wollte ich nicht. Es tut mir leid. Bitte, du darfst nicht sterben."

Mias Blick wird starr und ihre Hand schwer. Ich weiche zurück. Raxia zieht den Dolch aus Mias Brust. Er wandert als Energie zurück in ihren Körper. Sie legt ihre Hand auf Mias Herz, schließt die Augen und murmelt Worte einer fremden Sprache. Ich hebe benommen meinen Blick. „Tu ihr das nicht auch noch an", flüstere ich schwach.

Raxia ignoriert mich. Sie führt das Ritual der Auferstehung durch und extrahiert Mias Seele aus ihrem leblosen Körper.

„Tu es nicht …"

Mias Seele schwebt in Raxias Händen. Ihr laufen die Tränen die Wangen hinunter.

„Wir gehen zurück", schnieft sie.

Erschöpft lässt sie sich gegen meinen Körper sinken. Ich lege schützend meine Arme um sie. Ihre Hände halten Mias Seele fest. Ich fühle ihre Wärme zwischen unseren toten Körpern. Niedergeschlagen schließe ich meine Augen.

„Es tut mir so leid. Milan, ich kann nicht mehr. Bitte halt mich fest." Schluchzend vergräbt Raxia ihr Gesicht an meiner Brust.

Ich wundere mich selbst, warum ich nicht wütend auf sie bin. Ihr Mord an Mia war so plötzlich. Ich bin wohl zu geschockt. Meine Finger verkrampfen sich in Raxias Kleidung. Ein unglaublicher Druck breitet sich in mir aus. Meine Augen fangen an zu kribbeln und meine Nase verschließt sich. Kurz darauf wird mein Gesicht ganz heiß und ich merke Tränen an meinen Wangen herabfließen.

Ergeben lege ich meinen Kopf an Raxias Schulter und klammere mich noch fester an sie. Dabei weht mir ein warmer Wind um die Haare. Er fährt bis hinauf in die Baumkrone des erhabenen Baumes in der Mitte der Blutmondlichtung. Ich erinnere mich an die Zeit mit Lilly an diesem Ort – meinen Tod, das Ritual – Mio ... Hier ist der Anfang vom Ende und gleichzeitig der Beginn unserer unendlichen Ewigkeit.

KAPITEL 10

Nachdem Raxia sich wieder halbwegs gefasst hat, kehren wir ins Nichts zurück und werden sogleich von Fatum vorgeladen. Mias Seele muss so lange warten. Wir erhalten eine ordentliche Standpauke mit harten Konsequenzen.

„Nicht nur, dass der Phantom-Schatten entkommen ist - Ihr habt den Key verloren und gegen eine meiner Regeln verstoßen."

Ich weiß von Raxia, dass ein Phantom-Schatten mit Magie die Gestalt von allen Lebewesen annehmen und nachahmen kann, die er verschlungen hat. Mir wird bewusst, dass dieses Wesen Mias Vater getötet und von ihm Besitz ergriffen haben muss, um Mios Entführung durchziehen zu können. Malums Schatten waren uns demnach von Anfang an einen Schritt voraus. Die Mission war zum Scheitern verurteilt und wir haben nichts gemerkt. Jetzt schwebt Mio wegen unserer Unfähigkeit in Lebensgefahr – und mit ihm die ganze Welt.

Raxia schweigt. Sie kniet eingeschüchtert vor der kleinen Goldechse und hält den Blick gesenkt. Ich bin anders. Ich sehe unserem Boss provokant ins Gesicht. Ich will ihm meine Wut deutlich machen.

„Wir werden Mio zurückholen."

Fatums Augen funkeln zornig. Er hasst es offensichtlich, wenn wir Menschen nicht vor Angst vor ihm am Boden kleben.

„Schweig, du lausiger Key. Noch nie wurde ich von einem meiner Teams so oft enttäuscht wie von eurem. Raxia, wie kannst du es wagen, gegen meine Regeln zu verstoßen?"

„Es tut mir leid", sagt sie demütig.

„Du kennst die Strafe."

Es tauchen andere Energiegestalten in dem Tempel auf, die Raxia zur Quälerei bringen wollen. Das kann ich nicht zulassen. Aus der Not heraus behaupte ich, Mia getötet zu haben. Raxia verschlägt es die Sprache.

„ICH war es!", wiederhole ich entschlossen und starre den goldenen Mini-Drachen auf seinem Thron an. „Ich habe Mia erstochen, um zu vertuschen, dass sie hinter die Existenz der Wesen der 4. Dimension gekommen ist."

„Ist das wahr?", zischt Fatum.

„N-Nein, er lü- …"

Ich unterbreche Raxia.

„Ich hab's versaut. Hör nicht auf sie. Sie lügt, um mich zu beschützen."

„Ich will augenblicklich die Wahrheit erfahren."

„Die hab ich dir gesagt. Bist du taub? Ich hab's verkackt. Ich hab das Mädel abgestochen, weil ich mich verquatscht habe. Los, sperr mich ein und lass Raxia Mio zurückholen."

Um meinen Standpunkt zu betonen, zeige ich Fatum den Mittelfinger. Das lässt ihn ausrasten. Voller Zorn befiehlt er seinen Wachen, mich in ein Qual-Glas zu stecken.

Raxia redet in Panik auf ihn ein. Sinnlos. Er lässt sich nicht umstimmen. So soll es sein. Lieber ertrage ich bis in alle Ewigkeit die schlimmsten Erinnerungen meines Lebens in Endlosschleife, als Emilio die Rettung aus Malums Klauen durch Raxia zu verwehren. Denn wenn es jemand schaffen kann, unseren Freund zu befreien, dann ist es meine rothaarige Zicke.

Ohne Gegenwehr lasse ich mich zur Quälerei bringen. Sie befindet sich im Tempel und besteht aus einem abgesonderten Raum mit Regalen, in denen Einmachgläser stehen. Unzählige sind gefüllt. Fatum tritt neben mich, schwebt nach oben und holt ein leeres Glas. Er öffnet den Deckel. Raxia wurde der Zugang verwehrt. Ich höre sie vor der Tür um Gnade für mich betteln. Irgendwie gefällt es mir, dass sie sich Sorgen um mich macht. Ziemlich egoistisch.

„Bist du bereit?", fragt Fatum.

„Interessiert dich doch eh nicht."

„Du bekommst genug Zeit zum Nachdenken, Key-Seele."

Sobald er die Öffnung des Glases auf mich richtet, spüre ich den starken Sog. Ich habe keine Chance. In Windeseile ist alles um mich dunkel und mein Körper ist verschwunden. Ich stecke im Glas. Voller Furcht warte ich auf die Erinnerungen meiner gewaltvollen Kindheit. Doch die bleiben aus. Stattdessen sehe ich etwas anderes. Es ist eine Höhle und in ihr liegt ein riesiger schwarzer Drache. Ich brauche keine Sekunde um zu erraten, dass es Malum ist. Tiefe Angst breitet sich in mir aus. Ich will wegrennen, aber werde festgehalten. Dann sieht der Drache mich an. Er ist mir mit seinem Kopf ganz nah und just in dem Moment fällt es mir auf. Die Reflexion in seinen glänzenden gefährlichen Augen zeigt nicht mich, sondern Mio. Irgendwie hat sich meine Seele in dem Qual-Glas in seinen Körper verirrt. Damit fühle ich nicht nur, was er fühlt, sondern ich bin live dabei, als er von unserem Erzfeind in der Schattenwelt willkommen geheißen wird.

„So war es nicht Pirk, sondern ein Phantom-Schatten, der dich schließlich zu mir bringt, Key-Seele", sagt der Drache mit seiner eindrucksvollen tiefen Stimme. Fatum ist wirklich ein Witz gegen Malum.

Malums scharfe Kralle nähert sich Mios Gesicht. Er schließt die Augen, sodass auch ich nichts mehr sehen kann. Aber ich fühle durch Mios Körper, wie ihm die Haarsträhnen aus dem Gesicht gestrichen werden. Vorsichtig öffnet er wieder die Augen. Malum weicht zufrieden zurück.

„Bringt dieses kostbare Geschöpf in die beste Zelle der alten Tempelruine. Es soll ihm an nichts fehlen."

Die Schatten schaffen Mio aus dem Thronsaal. Hin und wieder kann ich ihre Gestalten erkennen. Sie sehen furcherregend aus. Ihre Körper sind schwarz und wirken entstellt. Die Gesichter sind unheimliche Fratzen. Sie passen perfekt in die Schattenwelt. Denn auch die offenbart sich als dunkler und hässlicher Ort, der aus Ruinen besteht. In eine davon bringen sie Mio und werfen ihn in eine winzige Zelle. Sie ist so klein, dass er kaum hineinpasst und sich zusammenkauern muss. Anhand seiner Gefühle merke ich, dass der arme Kerl nicht nur Schiss im Dunkeln, sondern auch Platzangst hat. Aber wenigstens ist er noch am Leben, soweit man das in unserem Zustand so nennen kann.

KAPITEL 11

Ich weiß nicht, wie lange ich schon hier bin. Mein Zeitgefühl ist verloren gegangen, seit Malum mich von seinen Schatten in diese enge Zelle sperren ließ. In dem winzigen Verschlag kann ich meine Beine nicht ausstrecken, sodass sie mittlerweile höllisch schmerzen. Außerdem ist es ziemlich finster und ich höre bereits eine ganze Weile ein gruseliges Knirschen hinter der Steinwand. Das Geräusch jagt mir einen Schauder über den Rücken. Ängstlich umschlinge ich meine Beine und ziehe den Kopf ein. Ich bete, dass die Monster mich in Ruhe lassen. Doch so sehr ich auch bestrebt bin, dem unheimlichen Knirschen keine Beachtung zu schenken, umso aufgeregter werde ich, als es lauter wird. Meine Nerven sind völlig überspannt. Das Schaben bringt mich zum Erstarren, bis ich einen Steinblock fühle, der sich in meinen Rücken drängt. Erschrocken fahre ich hoch und stoße mir den Kopf an der niedrigen Zellendecke. Ich verkrieche mich an die gegenüberliegende Wand. Panisch starren meine Augen zu dem Steinblock, der von irgendetwas dahinter nach innen gedrückt wird.

,Jetzt kommen sie mich holen', denke ich.

Steinstückchen bröckeln heraus. Danach folgt der Steinquader. Staub wirbelt auf. Ich versuche die schmutzige Luft weg zu blinzeln, damit ich sehen kann, was passiert. Es fällt mir sehr schwer etwas zu erkennen, doch ich nehme bald Umrisse von einer Gestalt wahr. Sie kommt auf mich zu.

„Nein", rufe ich panisch. „Geh weg!"

Die Gestalt lässt sich nicht aufhalten. Sie kommt aus dem Loch gekrochen. Schon bald erkenne ich eine Frau. Sie sieht mit ihrer rosigen Haut und den braunen Locken nicht wie ein Schatten aus, sondern wie ein Mensch.

„Komm mit", sagt die Fremde. Sie lächelt mich an, möchte jedoch keine Zeit verlieren. Eilig greift sie nach meinem Arm, um mich mit sich zu ziehen. Ich wehre sie ab.

„Komm mit, wenn du nicht als Drachenfutter enden willst", fordert sie und wendet im Tunnel. Nervös sehe ich ihr nach. Der Fluchtweg ist dunkel und eng. Das ist überhaupt nichts für mich. Ich kann nicht mal das Ende des gegrabenen Ganges zwischen den Mauern der Gefängniszelle entdecken.

„Los! Ich hab mir die Mühe nicht umsonst gemacht, dich hier rauszuholen. Folge mir, oder willst du wirklich Drachenfutter werden?"

Ihre Stimme ist schon weit weg. Zögernd berühre ich den erdigen Boden des Tunnels. Ich krieche ein Stück hinein. Viel Bewegungsfreiheit habe ich nicht. Schon bald muss ich den Kopf einziehen und mich auf den Bauch legen, weil ich anders nicht vorwärtskomme. Das ist die reinste Hölle, wenn man Platzangst hat.

„Komm, es ist nicht so weit wie es scheint. Vielleicht fünf Minuten, dann bist du frei."

Mein Blut kocht. Ich bin fürchterlich angespannt, weshalb ich es kaum schaffe, meinen Körper zu bewegen. Der wenige Platz um mich herum kostet mich alle Nerven. Ich bilde mir dauernd ein stecken zu bleiben. Außerdem sehe ich nichts, da es hier zu finster ist. Was habe ich mir nur dabei gedacht, der Fremden zu folgen?

„Du hast es gleich geschafft. Kriech weiter", fordert sie.

„Es ist viel zu eng."

„So breit bist du nicht. Los, einfach geradeaus. Ich kann schon den Ausgang sehen."

Nach einer gefühlten Ewigkeit sehe ich Licht am Ende des Tunnels.

„Sehr gut", sagt sie und reicht mir ihre Hand, um mir beim Aufstehen zu helfen. Zögernd greife ich zu und lasse mich von ihr auf die Beine ziehen. Ausgelaugt atme ich einmal tief durch. Ich weiß, dass ich als Toter keinen Sauerstoff brauche, trotzdem fühlt es sich im ersten Moment erleichternd an, frische Luft zu atmen.

Plötzlich höre ich nicht weit von uns ein unheimliches Lachen. Ich bekomme Gänsehaut. Die Fremde packt mich.

„Komm mit", zischt sie.

Wir fliehen in ein Versteck jenseits des Verlieses, jedoch immer noch im Gebiet der Tempelruine und quetschen uns in eine Nische. Unsere Körper sind sich viel zu nah. Wir warten, bis der Besitzer des unheimlichen Lachens an uns vorbeigeht. Es ist ein Schatten, der mit krummem Buckel kichernd seiner Wege zieht.

„Das war knapp", sagt die Fremde. Mich trifft ihr Blick. „Ich bin Lilly. Wie heißt du?"

„Emilio", antworte ich und muss verlegen feststellen, dass ich sie ziemlich hübsch finde.

Lilly schmunzelt. Sie tippt mir gegen die Stirn.

„Du bist ja echt ein Süßer", witzelt sie. „Derselbe Blick, aber dein Name ist leider ein anderer. Schade. Naja, man sieht sich."

Sie verlässt unser Versteck.

„H-Halt!"

Lilly hält inne und sieht mich abwartend an.

Ich schlucke stark. ‚Mist, ich bin nervös.'

„Ähm, du weißt nicht zufällig, wie ich wieder zurückkomme?"

„Zurück? Wohin zurück?"

„In die Menschenwelt."

Lilly verzieht das Gesicht.

„Du komischer Typ schaffst die Teleportation in die 3. Dimension? Verarsch mich nicht."

„I-Ich komme von da. Mias Vater hat…"

„Du willst mir ernsthaft sagen, du kannst zurück, obwohl du tot bist?"

„Sollte ich das nicht können?"

Unsicher sehe ich Lilly an. Sie hebt prüfend eine Augenbraue, bevor sie mich am Arm packt und mitschleift.

Nachdem wir die labyrinthartigen Gänge hinter uns gelassen haben, stoppen wir in einem zerfallenen Raum. Lilly lässt von mir ab.

„Dann zeig mir mal, wie du zurückkommst."

Verunsichert sehe ich sie an. Offenbar scheint sie überzeugt zu sein, dass sich hier die Tür zur Menschenwelt befindet. Nur sehe ich kein Portal, mit dem ich die Dimensionen wechseln kann.

Lilly bemerkt meinen orientierungslosen Ausdruck.

„So viel zum Thema *3. Dimension*. Du hast keine Ahnung, wo du hier bist, habe ich recht? Weißt du wenigstens, was du jetzt bist?"

„Was ich bin?"

„Oh Mann." Sie schüttelt den Kopf. „Du bist gestorben und zu einem Schatten auferstanden. Entweder hat dich mein Boss auserkoren oder einer seiner Lakaien. Jetzt musst du bis in alle Ewigkeit dein Dasein als Dämon in der Unterwelt fristen und die Bosheit der Menschen schüren. Ende der Geschichte."

„Ich bin kein Schatten."

„Ach nein?"

Sie grinst und wirft sich plötzlich auf mich. Erschrocken falle ich um und fühle ihre Hände an mir. Sie sieht mir lüstern ins Gesicht.

„Unsere Art liebt diese Beschäftigung", säuselt sie. „Wir können ihr nicht widerstehen."

Mir wird kotzübel. Ich stoße Lilly weg. Sie versteht meine Reaktion nicht. Scheinbar gibt es wenig Männer, die sie ablehnen. Schnippisch stemmt sie die Hände in die Hüften.

„Glaubst du, du bist der erste Schatten, der sich seinen niederen Trieben für kurze Zeit entziehen kann? Das ist noch lange kein Beweis."

„Ich bin kein Schatt- …"

Neben uns taucht ein grelles Licht auf, das uns blendet. Lilly weicht zurück.

„Oh nein! Was wollen Fatums Soldaten hier?" Sie packt meine Hand. „Schnell weg!"

Es bleibt keine Zeit. Lilly ist in Panik und vergessen ist unser Streit von eben. Wir rennen durch die Gänge der Tempelruine, begleitet von unzähligen Schattenkreaturen, die vor Fatums Soldaten fliehen. Plötzlich stolpert Lilly. Sie geht zu Boden und wird überrannt. Ich halte an, weil ich ihr aufhelfen will. Doch es ist unmöglich, sie unter den vielen Schatten zu packen. Ständig kommen weitere, die ihre Hände von mir wegtreten.

Nun fühle ich auch in mir Panik aufsteigen. Meine Brust schnürt sich zu. Gleichzeitig fängt meine Haut an zu leuchten. Meine Aura tritt hervor. Ich verliere die Kontrolle. Meine Energie bündelt sich um meinen Körper in kleinen Blitzen. Sie tänzeln durch die Luft und treiben die flüchtenden Schatten von mir weg. Lilly kann wieder aufstehen.

Sie kommt auf mich zu und will meine Aura berühren, zieht aber schnell die Hand zurück. Ihre Fingerkuppen sind transparent geworden.

Schockiert starrt sie mich an.

„Du bist kein Schatten. Deine Aura - du gehörst zu Fatum. Aber wie konntest du hier so lange überleben, ohne von unseren Energien neutralisiert zu werden? Das ist unmöglich. Was bist du?"

Meine Aura verschwindet. Mit ihr meine Kraft. Ich sinke zusammen. Erschöpft starre ich meine Hände an. Sie zittern wie der Rest von mir. Es geht mir schlecht. Alles scheint sich zu wiederholen. Ich verliere die Kontrolle und verletze Menschen.

‚Warum? Warum bin ich so schwach?'

„Mio, steh auf. Wir müssen verschwinden, bevor- …"

„Da sind sie!"

Fatums Soldaten holen uns ein. Sie laufen in dem grellen Licht, das uns vorhin geblendet hat. Ich fühle Wärme von ihm ausgehen, weshalb es für mich nicht bedrohlich wirkt.

Lilly macht auf dem Absatz kehrt und will in dieselbe Richtung flüchten, wie die Schatten, die sie vorhin überrannten. Jedoch endet ihr Vorhaben abrupt, als eine Gestalt aus dem Licht hervortritt und zu ihr eilt, um ihr den Fluchtweg zu versperren.

„Wohin so eilig, Schatten-Weib?", fragt der Soldat aggressiv.

Ich erkenne ihn wieder. Es ist Alfabio, der Partner von Neven. Milan und ich haben ihm einmal im Nichts versehentlich einen Energieball an den Kopf geschossen, worüber er sich sehr aufgeregt hat. Jetzt steht er vor Lilly und hält ihr die Schneide seines schmalen Energie-Schwertes an die Kehle. Lilly geht auf Abstand. Viele Möglichkeiten bleiben ihr dabei nicht. Sie sitzt zwischen Alfabio und den übrigen Soldaten in der Falle.

„Vielen Dank, dass du uns den langen Weg zu Malum abgekürzt und den Key gleich mitgebracht hast. Bist ein gutes Mädchen. Echt eine Schande, so ein hübsches Weib an die Schatten verloren zu haben. Aber zum Glück haben Schatten keine Energiegestalt, sodass wir dich vor deinem Ende noch einmal bewundern dürfen." Alfabio lacht überheblich. Dann huscht sein Blick zu mir. „Du bist so ein Schwächling. Wie kannst du dich nur von einem Phantom-Schatten verschleppen lassen? Und du willst allen Ernstes eine Key-Seele sein? Das ich nicht lache. Eine Schande bist du. Hätte Meister Fatum mir nicht befohlen, dich zurück zu holen, würdest du hier verroten."

Energisch zückt Alfabio sein Schwert. Er holt aus und will Lilly angreifen. Als ich sein Vorhaben durchschaue, hieve ich mich auf die Beine und werfe mich auf sie. Sie geht mit mir zu Boden. Währenddessen trifft mich Alfabios Angriff. Seine Energie fährt in Form seiner Klinge durch meinen Körper. Für einen Moment denke ich, er habe mich halbiert. Aber dem ist nicht so. Alfabios Angriff krümmt mir kein Haar. Er geht einfach durch mich hindurch.

„Was soll das?", schreit er wütend, packt mich am Kragen und zerrt mich von Lilly runter. „Beschützt du etwa unseren Feind?"

„Sie hat mir geholfen."

Lilly zittert. Alfabio nimmt sie wieder ins Visier. Ich gehe erneut dazwischen. Er knirscht wütend mit den Zähnen. Wenn er könnte, würde er mich auf der Stelle umbringen.

„Geh aus dem Weg, Emilio."

„Lass sie! Sie hat mich vor Malum gerettet."

„Sie ist ein Schatten. Sie ist der Feind."

Ein Räuspern erklingt aus der Menge der übrigen Soldaten. Kurz darauf erkenne ich Neven, der sich auf meine Höhe begibt. Konzentriert fixiert der kleine Junge seinen Teampartner mit einem ernsten Blick.

„Lass sie leben, Alfabio. Unsere Energie reicht nicht mehr lange für einen Aufenthalt in der Schattenwelt. Es bleibt keine Zeit für einen weiteren Kampf."

„Bist du etwa auf seiner Seite? Seit wann verschonen wir diese Monster?"

„Wir sind Soldaten Fatums und werden dementsprechend handeln. Wir ziehen uns zurück. Die Mission ist erfüllt. Wir haben den Key."

„Dann nehmen wir sie wenigstens mit. Soll Meister Fatum entscheiden, was mit ihr geschieht."

Damit ist die Sache besiegelt. Alfabio packt Lilly am Arm und führt sie ab. Sie schreit, weil seine Berührung ihr Schmerzen bereitet.

„Mio, bitte bleib ruhig", flüstert Neven an meiner Seite, als er meine Fäuste sieht. „Sie wird sich im Nichts nicht sofort auflösen. Diese Schatten-Frau ist stark. Vielleicht gelingt es uns, ihr zur Flucht zu verhelfen."

„Sie darf nicht sterben", antworte ich leise.

Er nickt, greift meine Hand und lächelt mich an.

„Komm. Wir gehen zurück nach Hause."

Ich füge mich, obwohl mein besorgter Blick nach wie vor Lilly gilt. Ich würde ihr die Schmerzen gerne ersparen. Aber leider schaffe ich das nicht. Ich kann nur hoffen, dass Neven mich nicht angelogen hat und Lilly tatsächlich im Nichts eine Chance zur Flucht erhält.

Die Reise zurück geht sehr schnell. Ich müsste mich darüber freuen, schließlich ist das Nichts die Dimension, in die mein toter Körper gehört. Aber ich habe Angst. Lilly ist fix und fertig. Ihr Körper verträgt die Energie des Nichts nicht. Zu allem Überfluss wirft Alfabio sie noch eiskalt Fatum zum Fraß vor. Neven und ich sind mit dabei, als wir vor den goldenen Drachen treten. Ich sehe sein zufriedenes Gesicht, als er mich erkennt.

„Ah, der verlorene Sohn ist nach Hause zurückgekehrt", schmunzelt Fatum. Er hüpft von seinem Thron und kommt auf den kurzen Beinen zu mir gelaufen. Ich weiche automatisch einen Schritt zurück und stoße dabei mit Neven zusammen. Er bremst meine Flucht bewusst ab, sodass ich gezwungen bin, der unheimlichen Echse in die Augen zu sehen.

„Ich hoffe, Malum hat sich nicht an deiner Macht bedient."

„N-Nein…Er…Er hat mich nur eingesperrt", antworte ich überfordert und sehe im gleichen Atemzug zu Lilly. Sie ist so schwach, dass sie kaum noch stehen kann. Alfabio hält sie erbarmungslos an den Armen fest. Das macht mich wütend.

Fatum folgt meinem Blick. Er bemerkt Lilly und bekommt große Augen.

„Die Schatten-Frau?", fragt er überrascht und wendet sich von mir ab, um zu ihr zu gehen. Interessiert streicht er ihr über das Gesicht. Sie weicht angeekelt aus.

„Warum bringt ihr sie in meinen Tempel?"

Alfabio macht einen notdürftigen Knicks, bevor er Meister Fatum höflich anspricht.

„Ehrenwerter Meister Fatum, diese Schatten-Frau hatte den Key in ihrer Gewalt. Offensichtlich wollte sie ihn gerade Malum ausliefern."

„Das ist nicht wahr", rufe ich und erschrecke dabei über mich selbst. Schüchtern weiche ich allen Blicken aus, die nach meinem Widerspruch auf mir haften. „Lilly hat mich gerettet", flüstere ich.

Fatum fängt an zu lachen. Er hält sich den schuppigen Bauch, bevor er sich von Lilly und Alfabio abwendet. Arrogant tapst er zurück zu seinem Thron, um sich darauf häuslich niederzulassen.

„Was soll ich mit ihr machen, Key? Möchtest du sie selbst umbringen?"

„Nein! Lilly hat mir geholfen", antworte ich erschrocken.

„Dann vertraust du einem Schatten?"

„J-Ja. Ohne sie wäre ich nicht hier. Lilly hat mir geholfen, weil sie sich gegen Malum auflehnt. Sie möchte sich mit uns verbünden. Sie könnte auch eine Eurer Soldatinnen werden, Meister Fatum", lüge ich notgedrungen und bringe den Drachen wieder zum Lachen. ‚Er nimmt mich überhaupt nicht ernst.'

„Bist du dumm", grinst Alfabio mich hochnäsig an. „Ein Schatten kann niemals ein Soldat Fatums werden."

Schweigend sehe ich in seine Richtung. Dabei fällt mir Lillys gleichgültiger Gesichtsausdruck auf.

‚Sie hat aufgegeben', denke ich erschrocken. ‚Das kann ich nicht akzeptieren. Niemals. Lilly soll nicht wegen mir sterben müssen. Das könnte ich mir nie verzeihen.'

Ich balle meine Fäuste. In ihnen sammelt sich Energie. Neven bemerkt meinen Zorn. Sofort umfasst er meine Hand. Erschrocken sehe ich ihn an. Er schüttelt den Kopf. Es wirkt, als habe er einen Plan. ‚Kann ich ihm vertrauen?'

Doch noch bevor ich mir diese Frage beantworten kann, ergreift der Junge das Wort. Er lässt von mir ab, um die

Aufmerksamkeit auf sich allein zu lenken. Mein geplanter Angriff bleibt unbemerkt und mein Zorn verpufft.

„Meister Fatum, die Schatten-Frau verfügt über eine große Kraft, weshalb ich schlussfolgere, dass sie zu Malums erstrangigen Untergebenen gehören muss. Vielleicht ist sie auch eine direkte Unterstellte seines Ersten Dieners Pirk. Wahrscheinlich verfügt die Schatten-Frau über wichtige Informationen, die uns helfen, Malum in der Schattenwelt ausfindig zu machen. Wir könnten ihn mit ihrem Wissen und der Macht der Key-Seele direkt angreifen und den Krieg beenden."

‚Pirk?!' Ich reiße panisch meine Augen auf. Mit seinem Namen verbinde ich die Hölle.

Fatum scheint das gründlich zu überdenken.

„Dass sie ein aufgestiegener Schatten ist, steht zweifellos fest", stimmt er Neven zu und sieht Lilly provokant an. „Schatten-Frau, antworte mir! Bist du eine Unterstellte des Ersten Dieners Malums?"

„Ja", keucht Lilly. „Pirk hat mich zurückgeholt."

Lilly kennt ihn! Hat sie - Hat sie mich etwa deswegen befreit? Wollte sie mich zu ihm bringen? Mir wird gleich ganz schlecht.

„Sieh einer an", lacht Fatum. „Ich habe heute gleich doppelt Glück. Der gestohlene Key befindet sich zurück in meiner Gewalt und eine Informationsquelle habe ich auch gleich aufgetan. Fortuna ist mir hold. Alfabio, bringe dieses Weib in die Quälerei. Versiegle sie in einem Qual-Glas, damit wir ihre Auflösung hinauszögern und noch genügend Zeit haben, sie zu verhören."

„Jawohl, Meister Fatum", salutiert Alfabio.

Ich will widersprechen, doch Neven hält mich auf.

„Pscht", zischt er. „Mach es nicht noch schlimmer."

Alfabio führt Lilly ab. Ich starre beiden fassungslos hinterher. Der Schock sitzt tief. Ich weiß nicht mehr, woran ich glauben soll.

Als wäre meine Angst nicht genug, möchte nun Fatum unter vier Augen mit mir reden. Er schickt Neven aus dem Raum.

„Emilio", knurrt er und jagt mir eine Heidenangst ein. „Ich möchte von dir wissen, ob du Malum direkt gegenüber standest, als er dich gefangen nahm."

„J-Ja", sage ich überfordert und lasse resigniert den Kopf hängen. „Mias Vater hat mich zu ihm gebracht, nachdem er mich entführt hat."

„Wer?", fragt Fatum verwirrt. „Sprichst du von dem Phantom-Schatten?"

„Ja."

Fatum räuspert sich.

„So ein Fehler wird nie wieder vorkommen. Ich darf nicht riskieren, dich erneut an meinen Feind zu verlieren. Deswegen verbanne ich dich bis auf Weiteres ins Silberne Meer. Du wirst diese Dimension nicht verlassen, bis ich eindeutig weiß, wo sich Malum aufhält. Solange wirst du mein Gefangener sein."

„Bitte nicht. Ich laufe nicht weg."

„Soldaten, bringt den Key zum Silbernen Meer."

Neben mir tauchen zwei Energiegestalten auf, die sich meine Arme greifen. Ich kann gar nicht so schnell gucken, wie sie mich packen und fortschleppen.

„Bitte, Meister Fatum. Ich laufe nicht weg."

Alles Betteln nützt nichts. Der Drache ändert seine Meinung nicht. Ich werde von seinen Soldaten weggeschleppt und wieder einmal zu einem Gefangenen gemacht.

KAPITEL 12

Das Silberne Meer ist eine Ansammlung silbernen Staubs, der sich wie eine Nebelwolke im Nichts ausbreitet. Einem Sumpf gleich, zieht es seine Opfer tiefer hinein, umso mehr sie sich wehren. Ich lerne schnell meinen Körper still zu halten. Seit einer gefühlten Ewigkeit muss ich bereits hier eingesperrt sein. Es vergeht keine Sekunde, die ich mich nicht frage, warum ich hier bin. Meine Hoffnung, Milan und Raxia würden mich befreien, ist gestorben. Unser Team wurde aufgelöst. Milan sitzt in der Quälerei ein und Raxia ist sehr still geworden. Sie konzentriert sich ausschließlich auf Mias Ausbildung zur Soldatin.

Mich überkommt Traurigkeit.

Als ich von Mias Tod erfuhr, war das ein großer Schock. Ich entwickelte Schuldgefühle und schämte mich, weil ich ihr nie der Freund sein konnte, den sie verdient hatte.

Ich hasse mich dafür.

„Mio, du siehst traurig aus", sagt Mia und reißt mich aus meinen Gedanken. Ich hebe den Blick. Sie steht am Ufer des Silbernen Meeres. „Hör auf dir den Kopf zu zerbrechen."

„Tut mir leid."

„Ich weiß", erwidert sie und seufzt. „Alfabio wird gleich die Wache übernehmen. Lass dich nicht von ihm ärgern, okay?"

„Ja."

Mia nickt. „Darf ich dir noch etwas erzählen, bevor der Wachwechsel stattfindet?"

„J-Ja, klar."

Ihr Blick wird traurig.

„Mein Vater soll von Malum ausgelöscht worden sein. Die Schatten-Frau, die dich befreite, hat es beim letzten Verhör als Verdacht geäußert. Sie hätte wohl beobachtet, dass Malum über die Formulierungen meines Vaters nicht glücklich war und ihn aggressiv beschimpfte, während du eingesperrt worden bist."

„Ja, Malum schickte ihn wütend hinaus. Aber er hat ihn nicht getötet. Bestimmt lebt dein Vater noch, Mia."

„Nein, tut er nicht", antwortet sie. „Mein echter Vater ist schon lange tot. Dieser Phantom-Schatten hat seine Gestalt angenommen. Ich habe in den letzten sechs Monaten Nachforschungen in unserer alten Welt angestellt und mir Einsicht in die Krankenakte meiner Mutter verschafft. Sie wurde für wahnsinnig erklärt, weil sie immer wieder dieselbe Geschichte erzählte: Ein Unbekannter ermordete meinen Vater vor Mamas Augen und stahl seine Identität. Meine Mutter war bei dem Mord anwesend und unterlag einem Schock. Phantom, der sich als mein Vater ausgab, ließ Mama einweisen. Sie verstarb in der Psychiatrie. Dass ich sie nicht besuchen durfte, lag also nicht daran, dass sie sich über meine Anwesenheit zu sehr aufregen würde. Sie wollten die Wahrheit vertuschen."

„Das tut mir- …"

„Nein", unterbricht mich Mia. „Hör mir bitte weiter zu." Sie holt tief Luft. „Nachdem Phantom meinen Vater ermordete und Mama in den Wahnsinn trieb, wollte er mein Vertrauen erschleichen, um mich schon bald auf dem Schwarzmarkt an Perverse zu verkaufen. Deswegen hat Raxia meine E-Mail-Adresse auf der Blutmondlichtung gefunden. Phantom hatte die Adresse bei sich, wahrscheinlich um sie dem ersten Interessenten nach dem Ritual zuzustecken."

Mir bleibt die Spucke weg.

„Ich muss euch dankbar sein", beendet Mia ihren Bericht. „Ohne dich und deine Freunde hätten mich mittlerweile unzählige Monster gequält."

„Du bist so tapfer", mischt sich Alfabio ungebeten ein. Wir haben ihn und Neven nicht bemerkt. Grinsend tritt er an Mia heran, um ihr seine Hand auf die Schulter zu legen. Sie wehrt ihn ab und tritt einen Schritt zurück.

„Schleich dich nicht an", schimpft sie.

„Wenn du möchtest, heitere ich dich auf", bietet er an.

„Niemals. Eher sterbe ich, du Ekelpaket."

„Na, na. Du bist schon tot, meine Liebe. Aber ich wette, irgendwann erkennst du den Reiz an einem tapferen Soldaten, wie ich einer bin." Alfabio wirft mir einen überheblichen Blick zu. „Nicht wahr, Key?", feixt er. „Du bist doch auch der Meinung, dass es für Mia besser wäre, sich nicht länger mit einem schwächlichen Verräter wie dir abzugeben. Das könnte ihrem Image schaden und vielleicht ist sie die Nächste, die in einem Qual-Glas direkt zwischen der hitzköpfigen Stachelbirne und der Schatten-Schnalle landet. Was wäre das für eine Verschwendung."

„Willst du mich erpressen?", knurrt Mia wütend.

„Nein, ich doch nicht, meine Süße. Ich bin nur besorgt um dein Wohlergehen."

„Lass sie in Ruhe", seufzt Neven. „Mia hat dir oft genug einen Korb gegeben. Akzeptiere das und hör auf, Emilio zu provozieren. Du wärst an seiner Stelle schon längst ausgerastet und vom Silbernen Meer verschluckt worden."

Alfabio hebt arrogant eine Augenbraue. „Das verstehst du Zwerg nicht. Du weißt nicht, was es bedeutet, ein verliebter Mann zu sein, weil dein Körper ewig der eines Kindes sein wird."

„Wenn mir das hilft, weiterhin mit meinem Kopf, anstatt mit meinem Penis zu denken, nehme ich das gern in Kauf. Und jetzt reiß dich zusammen. Wir haben einen Auftrag von Meister Fatum." Nevens Blick wechselt zu Mia. „Wir brauchen dazu deine Hilfe. Meister Fatum möchte Mio sehen. Wir müssen ihn aus dem Silbernen Meer holen. Das wird zu zweit etwas schwierig."

Mia horcht überrascht auf. „Dann darf Mio endlich wieder frei sein?"

„Vielleicht. Das wird der Meister entscheiden", antwortet Neven und lächelt mich aufmunternd an.

Alfabio lacht gehässig, bevor er mir widerwillig seine Hand entgegenstreckt. Mia hilft ihm und zusammen zerren sie an meinem Arm, bis der Sumpf nachgibt und wir mit Tempo nach hinten umfallen. Überfordert setze ich mich aufrecht. Es fühlt sich nach der langen Zeit in Gefangenschaft sehr ungewohnt an, meinen Körper wieder bewegen zu dürfen, ohne Gefahr zu laufen, im Nebel zu versinken. Meine Beine sind ganz taub.

„Wir haben es geschafft. Danke, Mia", sagt Neven.

„Gerne", erwidert sie und weicht Alfabio aus, der versucht bei ihr anzubändeln. Hurtig steht Mia auf den Beinen und hilft mir hoch. Alfabio beobachtet eifersüchtig das Szenario.

„Danke für eure Hilfe", sage ich.

Alfabio knurrt mich verachtend an. „Los, Beeilung", motzt er. Wir gehen zu Fatum. Mia begleitet uns. Sie ist wohl neugierig, wie Fatums Entscheidung ausfallen wird. Nervös lasse ich mich von Alfabio zum Tempel hetzen, bis wir Fatums Saal betreten. Er sitzt auf seinem Thron und hat uns erwartet.

„Ihr habt das neue Mädchen dabei?", fragt er verwirrt. „Habe ich euch beide nicht allein beauftragt?"

„Meine Arme waren zu kurz, ehrenwerter Meister", erklärt Neven. „Ich bin nicht an Emilio herangekommen, weshalb Mia so freundlich war, uns zu helfen. Deswegen haben wir sie mitgebracht."

Fatum nickt. „Euer Einsatz ist beendet. Verlasst den Raum. Ich möchte mit dem Key allein sprechen."

„Jawohl, Meister", erwidert Neven. Er und die anderen lassen mich allein. Fatum fixiert mich.

„Warum habe ich dich ins Silberne Meer geschickt?"

„Als Bestrafung", antworte ich kleinlaut.

„Nein. Ich habe dich nicht bestraft, sondern beschützt. Du bist eine Key-Seele, der Retter der Menschheit. Kommst du in den Besitz des Feindes, kann dies das Ende der Welt bedeuten."

„Bitte entschuldigt, Meister Fatum. Ich werde diese Dimension nicht mehr verlassen."

„Geh auf die Knie, wenn du mich um deine Freiheit anflehen willst", fordert er und ich komme seiner Aufforderung nach. „Ich höre nichts", knurrt er ungeduldig.

„Bitte verzeiht mir, Meister Fatum. Ich werde nie wieder Widerworte geben. Ich werde nicht weglaufen."

Eingeschüchtert verharre ich in der unterwürfigen Position, bis Fatum sich räuspert und weiterspricht.

„Du wirst mit Alfabio und Neven in die Quälerei gehen und mir beweisen, nicht zum Feind übergelaufen zu sein, indem du die Schatten-Frau tötest."

Wie betäubt verlasse ich den Saal. Meine Beine fühlen sich wie Gummi an, aber sie bewegen sich automatisch. Draußen werde ich bereits von Alfabio und Neven erwartet. Mia ist nicht mehr zu sehen. Neven kommt auf mich zu. Er will etwas sagen, wird jedoch von Alfabio unterbrochen. Kaltherzig schnappt er meinen Arm und zerrt mich Richtung Quälerei.

„Jetzt beginnt der spaßige Teil", feixt er gehässig.

Mir wird klar, dass er und Neven wohl von Anfang an über den Verlauf der Mission Bescheid wussten. Sie haben es mir verschwiegen, weil ich unter diesen Umständen niemals freiwillig das Silberne Meer verlassen hätte.

Wir betreten die Quälerei. Sie befindet sich beim Tempel. Es ist ein nichts sagender Raum, in dem unzählige Regale verteilt stehen. In ihnen befinden sich Gläser. Die vollen beinhalten eine Art Qualm. Ich nehme an, dass dieser ‚Qualm' die Seele ist, die in dem Glas gefangen gehalten wird. Manche sehen farbig aus, andere wirken grau, wieder andere sind schwarz. Es bringt nichts, die Gläser zu zählen. Es sind zu viele. Ich bin geschockt, als ich dieses Gefängnis sehe. Hier sind tausende Seelen gefangen.

„Na, freust du dich, gleich selbst in einem Einmachglas zu landen?", fragt Alfabio.

Er entfernt sich, um die Regale nach Lillys Glas abzusuchen.

Ich sinke in die Knie. Neven kommt auf meine Höhe. Er legt mir ungesehen von Alfabio tröstend seine Hand auf die Schulter.

„Ich helfe euch", flüstert er. „Tu, was du für richtig hältst."

Noch ehe ich Neven fragen kann, wie seine Worte gemeint sind, lässt er wieder von mir ab und geht auf Abstand, damit Alfabio nichts merkt. Ich starre ihn verwirrt an, bis Alfabio glücklich auflacht. Er hat Lillys Glas gefunden und kommt zurück. Spielerisch wippt er es zwischen seinen Händen hin und her, wobei er droht, das Glas fallen zu lassen. Er will mich erschrecken. Obwohl ich das weiß, geht sein Plan auf. Ich zucke zusammen, weil ich fürchte, Lilly könnte beim Aufprall sterben.

„Du bist so ein dummes Weichei", lacht er. „Im Nichts gibt es keine echte Schwerkraft, du Held. Wie soll da ein Glas auf dem Boden kaputtgehen?"

„Führe unsere Aufgabe aus", fordert Neven verärgert.

Alfabio rollt mit den Augen und tritt direkt vor mich. Er hält mir Lillys Glas unter die Nase. Seine Hand schnellt zum Deckel. Er öffnet ihn und augenblicklich huscht Lillys Seele heraus. Sie nimmt vor mir Gestalt an.

Sie wirkt erschöpft. Ihr Gesicht ist vom Schrecken gezeichnet. Sie zittert und geht in die Knie. Ich kann es kaum glauben, wie schlecht es ihr geht.

Alfabio grinst.

„Na, los, Verräter. Töte sie oder du bist gleich derjenige, der im Glas landet."

Geschockt starre ich Lilly an. Es wirkt auf mich, als sei ihr Geist noch immer in ihren Albträumen gefangen. Ich ertrage das nicht. Doch noch bevor ich irgendetwas tun kann, höre ich auf einmal Nevens Stimme in meinem Kopf.

x|Dreh dich nicht zu mir um, damit Alfabio nicht misstrauisch wird. Ich will dir etwas erklären. Unsere Dimension teilt sich in die Schattenwelt und das Nichts. Meister Fatum herrscht über das Nichts, Teufel Malum über die Schattenwelt. Treffen zwei Energien dieser unterschiedlichen Reiche aufeinander, stoßen sich ihre Kräfte sofort ab. Die größere Kraft gewinnt. Du als Key bildest dabei die Ausnahme. Deine Aura kann allen Wesen der 4. Dimension gleichermaßen schaden.|x

x|Dann kann ich Lilly nicht helfen?|x

x|Doch. Flieht gemeinsam. Ich werde euch Deckung geben.|x

x|Aber wenn sie dich erwischen …|x

x|Keine Sorge. Solange du mich nicht verrätst, bin ich sicher.|x

Neven geht einen Schritt zurück, um mir Platz zu machen. Dabei hat er die Augen streng auf seinen Teamkollegen gerichtet, der von unserer telepathischen Unterhaltung nichts mitbekommen hat.

Amüsiert hebt Alfabio seinen Fuß und drückt ihn gegen Lillys Hintern. Sie verzieht schmerzvoll das Gesicht.

„Echt schade, dass wir Soldaten nichts mit Schatten haben dürfen. Mit der hier würde es bestimmt Spaß machen."

„Unterlass das! Unsere Aufgabe besteht nicht aus unsittlichen Berührungen", schimpft Neven.

„Du Spaßbremse."

Alfabio beugt sich provokant zu Lilly hinunter, um ihr mit dem Finger an den Hintern zu tippen. Sie schreit auf, weil sich ihre Energien abstoßen. Das reicht, um bei mir das Fass zum Überlaufen zu bringen. Mein Verstand schaltet sich ab. Ich bin dermaßen wütend und verzweifelt, dass meine Aura wieder hervortritt. Sie bündelt sich um meinen Körper und geht auf Alfabio los. Er muss ausweichen, um nicht von meinen Blitzen getroffen zu werden. Zeitgleich rufe ich Lilly zu, dass sie laufen soll.

‚Hoffentlich kann sie das in ihrem Zustand überhaupt noch', denke ich besorgt, während ich Alfabio weiter in die Ecke dränge.

Natürlich ist er sauer und es dauert nicht lange, bis er seine Fassung zurückgewinnt. Er startet einen Gegenangriff, der jedoch ins Leere verläuft. Ich habe mich bereits mit Lilly zusammen aus dem Staub gemacht, als er meine Energieblitze überwunden hat.

„Ich wusste es. Dieser Verräter", höre ich ihn brüllen, bevor er sich an unsere Verfolgung macht. Neven begleitet ihn, wohl um sich nicht zu verraten. Doch bevor sie zu uns aufschließen, stellt sich ihnen Mia in den Weg. Sie prallt direkt mit Alfabio zusammen.

„Aua! Kannst du Idiot nicht aufpassen?", höre ich ihre Stimme aus der Ferne. „Guck doch, wohin du rennst."

„Geh weg", schreit Alfabio und setzt die Verfolgung fort.

Lilly und ich sind leider nicht sehr schnell, weil ihr die Kraft fehlt.

„Immer weiter geradeaus, bis du das Portal erkennst. Ich bin direkt hinter dir", sage ich.

„Okay", keucht sie.

Ich lasse mich zurückfallen, um Alfabio einen Energieball entgegen zu schleudern. Ich trete die Kugel mit dem Fuß, wie damals, als ich mit Milan zusammen gespielt habe. Der Energieball erhält mehr Schwung und prallt direkt in Alfabios Bauch. Er wird zurückgedrückt und verliert an Tempo. Ich setze zwei weitere Kugeln auf ihn an, bevor ich Lilly wieder folge. Das Portal ist nicht mehr weit.

x|Mio, ihr habt es fast geschafft. Mia und ich werden versuchen Alfabio aufzuhalten. Rennt, bis ihr in der Menschenwelt seid. Dort sollte deine Energie Lilly keinen Schaden mehr zufügen, weil ihr beide über euren irdischen Körper verfügt. Bringt euch in Sicherheit und wartet ab. Sobald ich kann, werde ich euch weiterhelfen.|x

x|Danke, Neven!|x

x|Schon gut.|x

Neven startet hinter Alfabio einen Angriff, der seinen Teamkameraden trifft.

„Herrje, ich habe nicht richtig gezielt. Entschuldige Alfabio. Ist alles in Ordnung?", ruft er aufgeregt.

„Du Idiot! Seit wann zielst du so beschissen?"

Lilly und ich erreichen das Portal. Ich habe keine Ahnung, wie ich es ohne Raxia bedienen soll. Jedoch wird mir auch diese Lösung auf dem Silbertablett serviert, denn ich höre just Raxias Stimme in meinem Kopf.

x|Denke an den Baum auf der Blutmondlichtung. Halte Lilly fest und bring euch dorthin. Sie sollte deine Berührung für die kurze Zeit aushalten können. Sobald ich Milan befreit habe, werden wir zu euch kommen.|x

x|Raxia?!|x

x|Ja, natürlich. Hast du geglaubt, ich lass dich hängen? Jetzt sieh zu, dass du die Teleportation schaffst. Wenn ihr zwischen den Dimensionen verloren geht, kann euch niemand mehr helfen.|x

Ich weiß gar nicht, was ich sagen soll. Die ganze Zeit dachte ich, alle wären mir böse und ich sei ganz allein. Dabei bin ich das gar nicht. Raxia und die anderen lassen mich nicht im Stich. Ich bin so froh.

So schnell ich kann, eile ich mit Lilly in den Kreis des Portals. Ich halte sie fest, schließe meine Augen und denke an den Baum, an dem ich einst gefesselt war und starb. Dieser Ort hat sich in mein Gedächtnis gebrannt. Es fällt mir nicht schwer, die Verbindung aufzubauen. Umso besser, denn Lilly hält meine Berührungen nicht lange aus. Sie hat starke Schmerzen, als wir durch das Portal verschwinden und in der Menschenwelt wieder auftauchen. Wir landen allerdings nicht auf der Lichtung, sondern in einem Fluss. Er ist nicht tief, dafür aber steinig. Außerdem durchweicht das kalte Wasser unsere Kleidung. Schnell ziehe ich sie ans trockene Ufer. Um uns herum liegt Schnee.

„Lilly, geht es dir gut?", frage ich sie hektisch.

Sie liegt auf dem Rücken. Ihre Zähne klappern. Wenn ich doch nur wie Raxia Kleidung beschwören könnte. So ein Mist! Was soll ich machen? Lilly hat kaum noch Energie. Wenn sie jetzt so sehr friert, wird sie sich bald auflösen.

Überfordert knie ich mich neben sie.

„Sag mir, was ich machen soll. Bitte! Ich will nicht, dass du stirbst. Hilf mir."

Plötzlich höre ich ein lautes Platschen im Fluss. Ich reiße erschrocken meine Augen auf und drehe mich um. Ein schlaksiger Typ mit langen blonden Haaren steht hinter mir. Alfabio. Er sieht mich voller Zorn an und zückt bereits sein Schwert.

„Hab ich dich, Verräter", knurrt er sauer. „Du dachtest, du kannst mir entkommen. Aber ich habe deine Aura gefühlt. Da ist es egal, dass du dich außerhalb der Lichtung teleportiert hast. Ich finde dich überall."

Mit hasserfüllten Augen stürmt Alfabio auf uns zu. Er holt mit seinem Schwert aus, sodass ich keine Zeit zum Überlegen habe. Das Einzige, was ich schaffe, ist mich schützend über Lilly zu beugen.

„Stirb, du verdammter Verräter", schreit er wie von Sinnen. Seine Schwertklinge bohrt sich in meinen Körper. Ich fühle den Schmerz. Gleichzeitig breitet sich über meinem Rücken eine ungeheure Hitze aus, die mich binnen weniger Sekunden verschlingt. Meine Aura tritt hervor. Beinahe alle Energie, die in mir ist, strömt aus der Wunde in meinen Rücken.

Alfabio wird zurückgeschleudert. Er schreit, während sein irdischer Körper von meiner Energie gänzlich umhüllt wird. Dann knallt es. Meine abgesonderte Kraft explodiert mit ihm in der Mitte. Er wird auseinandergerissen und in alle Winde verweht, während Lilly und ich von der Druckwelle weggeblasen werden. Wir rollen einige Meter durch den Schnee und landen beinahe wieder im eiskalten Fluss. Lilly klammert sich panisch an mich. Wir liegen auf der Seite, nachdem unsere unfreiwillige Reise ein Ende gefunden hat. Ich sehe verzweifelt in ihr Gesicht. Ihre eiskalte Hand fährt über meine Wange, um mir die Tränen wegzuwischen. Aber es kommen noch mehr.

„Ich hab ihn umgebracht", heule ich geschockt. „Ich hab ihn getötet."

„Dafür hast du uns gerettet."

Ihre Hand gleitet von meinem Gesicht und sinkt kraftlos in den Schnee. Sie schließt ihre Augen. Geschockt starre ich sie an und schüttle sie. Die Verletzungen von Alfabios Schwert behindern mich nicht. Meine Aura scheint sie geheilt zu haben.

„Lilly, nicht einschlafen. Bitte! Du darfst mich nicht allein lassen."

Ein Lächeln huscht über ihre Lippen.

„Lass mich nur etwas schlafen, Mio. Ich bin ziemlich fertig."

– Ende Emilio's Sicht –

Der Kontakt zu Emilio reißt ab, als ihn Alfabio angegriffen hat. Ich weiß nicht, ob er den Angriff des bescheuerten Zahnstochers überlebt hat. Ich kann es mir nur wünschen. Gleichzeitig beunruhigt mich Lillys Erscheinen. Ich konnte zwar sehen, dass sie Mio gerettet hat, aber ich weiß, was für eine gute Schauspielerin dieses Miststück ist. Ein Glück, dass er nicht auf sie steht. Während der ganzen Zeit, die ich förmlich in ihm war, kam ihm nicht einmal der Gedanke, was mit ihr anzufangen. Seltsam, aber okay.

Nichtsdestotrotz würde ich gern wissen, wie es weiter geht. Es kotzt mich extrem an, nicht aus diesem Glas zu kommen. Ich will mitmischen und Fatum in den Arsch treten. Er scheint mir nicht der Gute zu sein. Vielmehr ein Fanatiker, der mit allen Mitteln versucht, seinen Erzfeind aus dem Weg zu räumen. Hoffentlich holt mich Raxia bald hier raus.

Doch ich kann meckern wie ich will, die Verbindung zu Emilio stellt sich nicht wieder her. Notgedrungen finde ich mich damit ab, bis eine neue Vision mich eines Besseren belehrt. Erst denke ich, dass ich wieder in Emilio bin, aber das ist falsch. Ich bin ein Baby und liege in einer Wiege. Eine Frau lächelt mich an. Ich fühle, dass sie die Mutter des Babys ist, in dem ich gerade bin. Erst im zweiten Moment fällt mir ihre verblüffende Ähnlichkeit zu Mio auf. Sie haben dieselben blauen Augen und braunen Haare. ‚Bin ich vielleicht gerade doch Mio, nur als Baby?'

Die Vision bricht abrupt ab. Um mich herum ist das Schwarz aus dem Glas. Ich bin ganz aufgewühlt. Die Frau wirkte so vertraut. Für den kurzen Moment der Vision habe ich deutlich gespürt, wie sehr ich sie liebe. Das hat mich ganz schön aus dem Konzept gebracht. Aber wahrscheinlich war es wirklich nur Mio als Baby, der von seiner Mutter betüdelt worden ist. Meine hat mich sicher nie so liebevoll angesehen.

Noch etwas neben der Spur versuche ich meine Gedanken wieder zu ordnen, als plötzlich etwas Neues passiert. Im ersten Moment halte ich es wieder für eine Vision, doch bei genauerem Betrachten merke ich, dass es echt ist. Ich bin plötzlich wieder in der Quälerei. Jetzt aber außerhalb des Glases. Raxia sieht mich an.

„Zum Glück, es geht dir gut."

Ich starre meinen Energiekörper an, der wieder da ist. Ich kann mich wieder bewegen. Erst jetzt schnalle ich, dass Raxia mich aus dem Qual-Glas befreit hat.

„Danke. Warst schnell."

„Hä?" - Klar, Raxia weiß nicht, dass ich alles durch Emilio miterlebt habe. Für eine Erklärung ist jedoch keine Zeit. Wir haben es eilig. Sie teleportiert uns aus der Quälerei zurück in die Menschenwelt. Das kostet sie mehr Energie, als mit dem Portal, aber wie ich jetzt von ihr erfahre, befinden wir uns auf der Flucht und dürfen keine unnötigen Risiken eingehen. Sie setzt mich schnell ins Bild.

„Bis auf den letzten Teil weiß ich schon alles", antworte ich und erzähle von meiner Zeit im Qual-Glas. Raxia ist fassungslos. Ihr war nicht bewusst, dass so etwas möglich ist. Von der liebevollen Mutter erzähle ich aber nichts. Das will ich Mio selber fragen.

„Weißt du, wo Mio jetzt ist?", fragt Raxia.

„Nein. Hab ja gesagt, nach Alfabios Angriff riss die Verbindung ab."

„Mio ist nicht tot."

„Doch."

„So meine ich das nicht."

„Ich weiß. Lass mir meinen Running-Gag."

Sie verdreht die Augen. „Hast du eine Idee, wo wir ihn finden? Ob er noch bei diesem Fluss ist?"

„Ich denke nicht. Falls er Alfabio besiegt hat, wovon ich mal ausgehe, wird er sich mit Lilly irgendwo verstecken. Da es draußen arschkalt ist, suchen sie sich ein warmes Fleckchen. Eines, was für die Öffentlichkeit zugänglich ist."

„Hm, es ist aktuell Sonntag", meint Raxia und deutet auf einen LED-Screen mit Datumsanzeige, der im Schaufester direkt neben uns steht.

„Das heißt, Geschäfte schließen wir aus. Restaurants auch. Ohne Geld können die nichts bestellen und sind keine gern gesehenen Gäste. Das wäre Mio viel zu peinlich."

„Was bleibt dann noch? Ein Krankenhaus?"

„Nein, ich habe 'ne Idee. Komm mit."

Ich laufe los und suche die nächste größere Bankfiliale. Da ich in dieser Stadt aufgewachsen bin, kenne ich mich aus und muss nicht lange suchen. Vorsichtig nähern wir uns den Fensterscheiben. Raxia entdeckt die beiden zuerst.

„Ich bin beeindruckt, Milan."

„Ich habe viel von dir gelernt, Stalkerin."

Sie kneift mir in die Seite. Ich bin kurz abgelenkt, aber mein Blick haftet weiter an der Fensterscheibe. Mio und Lilly sitzen gegen eine Heizung gelehnt auf dem Boden des Bankvorraumes. Von meiner Position kann ich sehr gut beobachten, wie Lilly sich erbarmungslos an Mio ranmacht. Das Theater kommt mir sehr bekannt vor. Raxia, die nicht weiß, dass Mio nichts von Lilly will, kann das Schauspiel nicht so entspannt beobachten.

„Das gibt es doch nicht", faucht sie und ehe ich etwas sagen kann, stört sie die traute Zweisamkeit der beiden. Sie stürmt in die Bank und nagelt Lilly am Boden fest. Mio springt erschrocken auf. Die beiden *Damen* wälzen sich wie Furien am Boden.

„Fehlt nur noch Popcorn."

„Milan!" Mio dreht sich zu mir um. Er wirkt erleichtert.

„Auf wen wettest du?", frage ich amüsiert.

„Sollten wir sie nicht trennen?"

„Ich bin dafür, wir holen noch etwas Schlamm."

Mir ist klar, dass Mio Recht hat. Der Kratzfurienkampf der beiden kostet sinnlos Energie. Deswegen hebe ich kurzerhand Raxia von Lilly hinunter. Sie hat mir nicht viel entgegenzusetzen mit ihrem Fliegengewicht.

„Was soll das? Misch dich nicht ein", faucht Raxia.

Mich trifft Lillys Blick. Ich habe sie mit Absicht gemieden, aber nun geht das nicht mehr. Ich erwidere den Blickkontakt. Die eiskalte Stimmung muss jedem auffallen.

„Tut mir den Gefallen und wartet bitte draußen", sage ich zu Raxia und Mio.

„Das kommt gar nicht- ..." – „Los, komm." Mio zieht Raxia mit sich an die frische Luft.

Lilly steht auf. Sie klopft sich den Staub von den Klamotten und richtet sich die Frisur.

„Warum?"

Sie sieht mich an. „Warum was?", zischt sie.

„Warum hast du mich umgebracht."

„Weil du eine der Key-Seelen bist und mein Boss mir befohlen hat, dich zu vernichten, bevor die Kraft in dir erwacht. Ich bin dadurch ein vollwertiger Schatten geworden."

„Das hättest du auch auf offener Straße machen können. Wir waren allein. Aber du hast dich lieber an mich rangemacht."

„Du siehst gut aus", grinst sie und kommt mir zu nah. Ich schiebe sie weg. Das gefällt Lilly nicht. Scheinbar übersteigt es ihre Frustrationsgrenze, von zwei Typen in so kurzer Zeit abgelehnt zu werden. Ihre grünen Augen funkeln mich böse an.

„Dir hat es doch gefallen, mich zu küssen. Also tu jetzt nicht so."

„Ich denke, wenigstens eine Entschuldigung wäre angebracht, schließlich hat meine Seite dir den Arsch gerettet."

„*Deine Seite* hat mich verschleppt, eingesperrt und fast ausgelöscht. Ich bin dir gar nichts schuldig. Und wenn du nicht zu schätzen weißt, was ich zu bieten habe, dann tust du mir leid." Sie zeigt mir den Mittelfinger. „Jetzt werde ich gehen, weil ich deine blöde Visage nicht länger ertrage."

Beleidigt verlässt Lilly die Bank. Ich folge ihr, um zu verhindern, dass Mio die dumme Kuh aufhält. Aber er und Raxia stehen zu weit weg und merken nichts. Lilly kann wütend von dannen ziehen.

„Wo ist Lilly?", fragt Raxia verwirrt, als ich zu ihnen gehe.

„Weg."

„Wie, *weg*?"

„Sie wollte zurück zu ihrem Boss."

„WAS?!" Raxia starrt mich entgeistert an und auch Mio scheint nicht klar zu sein, warum Lilly freiwillig zu einem Scheusal wie Pirk zurückgeht. Aber das interessiert jetzt nicht. Ich muss dauernd an Mios Mutter denken, die ich in dem Glas gesehen habe. Deswegen muss ich ihn darauf ansprechen. Außerdem gibt es noch etwas anderes, das auch unbedingt erledigt werden muss. Aber all das möchte ich nicht im Beisein von Raxia tun.

Ich hab erst überlegt, ob ich mir eine umfangreiche Ausrede einfallen lasse, aber das ist mir zu anstrengend.

„Raxia, lass Mio und mich mal bitte kurz allein. Ich muss ihn was fragen."

„Hä? Wieso müsst ihr dazu allein sein?"

„Ein Männerproblem."

„Was?" Mios Stimme klingt viel zu hoch. Raxia scheint die Sache auch peinlich zu finden. Ihr Kopf ist rot angelaufen und sie diskutiert nicht. Hat doch wunderbar funktioniert.

Ich lege meinen Arm um Mio, sodass er gezwungen ist, mit mir zu gehen. Über die Schulter rufe ich Raxia noch zu, dass es nicht lange dauert. Sie soll solange überlegen, was wir als nächsten Schritt unternehmen.

„Mach bitte keinen Unsinn, Milan."

„Nö, nö."

Ich biege mit Mio um die Ecke des Bankgebäudes und schubse ihn gegen die Wand. Er steht mit dem Rücken an ihr. Schnell landen meine Hände links und rechts von seinem Kopf an dem Gebäude. Er kann dem Blickkontakt nicht ausweichen – und weglaufen kann er durch meinen Körper, der so dicht vor seinem steht, auch nicht. Er sitzt regelrecht in der Falle.

„Ich hab mit Lilly nichts gemacht", brabbelt Mio und klingt dabei ziemlich ängstlich. „Was es mit Zodans Prophezeiung auf sich hat, weiß ich auch nicht. Raxia hat sie mir gegenüber nie erwähnt."

„Hä?"

„Na, auf dem Spielplatz ... nachdem das Haus eingekracht ist. Du warst im Gebüsch und wolltest- ..." Seine Worte überschlagen sich vor Aufregung. So viel hat er gefühlt noch nie am Stück gesprochen.

„Schon gut. Krieg nicht gleich nen Herzkasper. Darum geht es mir gar nicht."

„Nicht?"

„Nein. Im Qual-Glas habe ich alles beobachten können. Es war, als wäre ich du. Deswegen weiß ich bereits, dass du gegen Lillys Charme immun zu sein scheinst."

„Du... du weißt, dass ich ..."

„Dass du was?"

Er schluckt stark. Irgendetwas will er verbergen. Meine Neugier ist geweckt.

„Was verheimlichst du mir, Mio? Da ist doch irgendetwas, das du mir gern sagen möchtest."

„Da ist nichts."

„Du kannst echt nicht lügen."

„Bitte hör auf."

„Wenn du es mir sagst."

Er weiß, dass er verloren hat. Ich muss nur aufpassen, dass der Stress ihn nicht wieder explodieren lässt. Doch bevor das passiert, gibt er auf.

„Ich bin nicht gegen ihren Charme immun", sagt er mit leiser Stimme und weicht meinem Blick aus.

„Doch. Ich war live dabei. Sie hat dich angemacht und bei dir hat sich nichts geregt. Entweder verfügst du über eine absolut krasse Selbstbeherrschung oder bist schwul." Das letzte sage ich im Scherz, doch scheinbar habe ich genau ins Schwarze getroffen. Als ich das begreife, lasse ich von Mio ab und trete einen Schritt zurück. Ich raffe nicht, dass ich ihn anstarre. Erst, als er mich bittet, das für mich zu behalten, normalisiert sich meine Mimik wieder.

„Verarschst du mich?", hake ich vorsichtshalber nach.

„Würde ich gern."

Die Situation ist vollkommen aus dem Ruder gelaufen.

„Du sagst gar nichts mehr." Mios unsichere Stimme holt mich zurück. Er steht gedemütigt an der Wand und meidet beharrlich meinen Blick. Ich kann mir vorstellen, wie peinlich ihm die Lage ist, in die ich ihn gebracht habe. Trotzdem sind jetzt tausende Fragen in mir, die beantwortet werden wollen. Und getreu dem Motto, dass es nicht schlimmer werden kann, quetsche ich ihn aus. Mio will aber nicht mitspielen. Offensichtlich belastet ihn das Thema ziemlich stark.

„Bist du mir deswegen ausgewichen?", stelle ich die Frage, die mich von allen am meisten interessiert. „Du hast keine Angst vor mir, sondern stehst auf mich?"

„Nein."

„Warum bist du dann so komisch?"

„Weil du mir Angst machst", platzt es plötzlich aus ihm heraus. „Aber nicht nur du machst mir Angst. Mir macht alles Angst. Pirk hat mir ... er hat mir so schreckliche Dinge angetan." Ihm steigen wieder die Tränen in die Augen. „Ich weiß auch gar nicht genau, ob ich nun schwul oder bi bin. Das ist aber auch gar nicht mehr wichtig. Ich bin tot. Es gibt keine Zukunft mehr. Der einzige Sinn, weshalb ich noch existiere, ist der, dass ich eine Waffe bin. Ich soll die Welt retten. Völlig gleich, ob ich das kann – oder überhaupt will. Denn schließlich ist da niemand mehr, den ich beschützen möchte. Alle, die ich geliebt habe, sind tot. Mama, Papa, Mia … sie alle sind wegen mir gestorben. Ich kann niemanden beschützen."

„Deine Erinnerungen – sind sie zurück?" Meine Stimme klingt rau, als ich ihn das frage. Er tut mir leid.

Mio schüttelt seinen Kopf. „Nicht alle."

Schweigend ziehe ich ihn in meine Arme. Er soll wissen, dass er nicht alleine ist. Ich hätte ihn nicht so bedrängen dürfen. Aber wenigstens weiß ich jetzt endlich, was Sache ist.

Geduldig warte ich, bis er sich wieder fängt. Ein bisschen wundert es mich, dass Raxia noch nicht nach dem Rechten geschaut hat. Aber umso besser. Ich finde es gut, dass Mio sich geöffnet hat. Jetzt kann ich so manche seiner Eigenarten besser verstehen.

„Behältst du das für dich?", fragt er beschämt. Ich nicke, aber gebe zu bedenken, dass unsere Stalkerin sicher über seine Vorlieben bereits bescheid weiß. Das verschafft Mio keinen Höhenflug. Er sieht so aus, als würde er gern im Boden verschwinden.

„Ich möchte dich gern noch etwas fragen. Der eigentliche Grund für das Gespräch." Er widerspricht nicht, also fahre ich fort. „Nachdem die Verbindung mit dir getrennt war, sah ich im Qual-Glas eine Frau, deren Gesicht aussah wie deins."

„Ich bin keine Frau."

„Das weiß ich selbst. In der Vision war mein Bewusstsein in einem Baby, das liebevoll im Bettchen liegend von der Frau beobachtet wurde. Ich wollte wissen, ob du dieses Baby gewesen sein könntest – also, ob deine Mutter so blaue Augen und braune Haare wie du hatte."

Sein Blick wird traurig.

„Ich weiß nicht mehr, wie sie aussah. Die Erinnerungen an solche Details sind noch nicht zurückgekehrt."

„Das wusste ich nicht. Entschuldige." Aufmunternd lege ich meinen Arm um ihn. „Kopf hoch. Irgendwann erinnerst du dich. Und bis dahin retten wir ein bisschen die Welt. Aber vorher …"

„War es das immer noch nicht?"

„Wo denkst du hin."

Jetzt ist es soweit. Diesmal kommt mir nichts dazwischen. Ich krame Caros Geschenk aus der Hosentasche und gebe es Mio. Er wirkt mehr als verwundert.

„Das hat mir vor meinem Ableben ein Mädchen gegeben. Mach es auf."

„Warum ich?"

„Weil du so aussiehst, als würdest du gern Geschenke auspacken."

Sein Blick ist Gold wert. Ich muss lachen und gebe ihm gespielt einen Kinnhaken. „Du packst es aus, aber der Inhalt ist für mich. Los, mach es nicht so spannend. Ich warte da schon einige Jahre drauf."

Mio behält die aufkommenden Fragen für sich und tut mir den Gefallen. Er packt Caros Geschenk vorsichtig aus. Ein Schlüsselanhänger kommt zum Vorschein. Es ist eine selbstgenähte gelbe Sternschnuppe, die an einem silbernen Metallring befestigt ist. Mio kann nicht viel damit anfangen. Ich schon. Caros Geschenk berührt mich zutiefst. Wie gern würde ich zu ihr rennen, um ihr zu danken.

Seufzend nehme ich den Anhänger aus Mios Hand und lasse ihn an meinem Finger baumeln.

„Da steckt eine Symbolik dahinter, oder?", fragt er.

„Ja."

„Sagst du es mir?"

„Wenn du mir versprichst, keine Angst mehr vor mir zu haben."

„Das kann ich dir nicht versprechen, auch wenn ich gern würde."

„Ein Versuch war es wert." Ich stecke den Anhänger ein. „Er ist von Caro. Als wir in der Sechsten waren, haben sich ihre Eltern scheiden lassen. Ich habe ihr ein Bild von einer Sternschnuppe gemalt und geschenkt. Wenn man eine sieht, darf man sich was wünschen. Ich habe mir für sie gewünscht, dass sie wieder glücklich wird."

„Mit dem Anhänger wollte sie dir bestimmt dasselbe sagen."

„Wahrscheinlich."

„War sie deine Freundin?"

„Platonisch, ja. Mein bester Kumpel Olli hat zuerst gesagt, dass er auf sie steht. Da hatte ich schlechte Karten."

„Aber wenn sie dir so etwas geschenkt hat, glaube ich, dass sie dich ziemlich mochte."

„Ein Glück, dass ich das jetzt erst erfahre."

„Glück?"

„Ja. Sonst hätte ich meinen besten Freund verraten müssen."

„Wenn er dein bester Freund war, hätte er es sicher verstanden."

„Nein", antworte ich mit großer Gewissheit. „Nicht, wenn es um Frauen geht. Lässt man es zu, dass sich eine dazwischendrängt, kann man die Freundschaft vergessen."

„Aber du hast doch auch akzeptiert, dass er diese Caro nicht aufgibt."

„Ich bin ja auch ein Idiot", grinse ich und beende das Gespräch. Mio muss nicht wissen, dass ich Ollis Wunsch nur deswegen protestlos hingenommen habe, weil er mich so oft aufgefangen hat, wenn ich es zu Hause nicht mehr aushielt. Da war ich es Olli einfach schuldig, ihm bei Caro den Vorrang zu lassen und so zu tun, als würde ich kein Interesse an ihr haben.

KAPITEL 14

Raxia wartet voller Ungeduld und „hext" Mio zuerst warme Wintersachen auf den Leib, damit er nicht frieren muss. Es hat inzwischen angefangen zu schneien. Eigentlich ein schöner Nachmittag, lässt man außer Acht, dass wir tot und auf der Flucht vor zwei durchgeknallten Drachen sind, die uns an die Kehle wollen.

„Lilly ist jetzt ganz allein und wird sicher frieren", sagt Mio, als ihm eine Schneeflocke auf die Nase fällt.

„Quatsch. Die liegt garantiert bereits in einem fremden Bett und lässt sich ihren Hormonspiegel putzen", antworte ich. „Eigentlich zu beneiden …"

„Der geborene Romantiker", erwidert Raxia und verdreht die Augen, bevor sie weiterspricht. „Wir werden uns jetzt einen Ort für die Nacht suchen. Morgen stellen wir Kontakt zu Neven und Mia her. Vielleicht gelingt es uns, in der Zwischenzeit noch andere nützliche Informationen zusammenzutragen, die uns dabei helfen, Fatum zu stürzen."

„Wie ich sehe, warst du fleißig", lobe ich sie.

„Ihr habt euch ja auch ewig unterhalten. Ist dieses *Männerproblem* jetzt wenigstens aus der Welt geschafft oder erwartet mich noch eine peinliche Überraschung?"

„Nö, ist alles geklärt. Meiner ist größer."

Die Blicke der beiden sind herrlich.

„Danke, dass du uns nicht belauscht hast, Raxia. Das muss dir als Profistalkerin sicher schwergefallen sein."

„Sei bloß still", zischt sie.

Mio räuspert sich. „Ich möchte euch nicht unterbrechen, aber … Raxia, bist du sicher, dass es klug ist, sich gegen Fatum aufzulehnen?"

„Das haben wir mit der Flucht bereits getan."

Ich stimme ihr zu. „Wie willst du eigentlich in der Menschenwelt Tipps finden, wie man eine poplige Echse von ihrem Pott stößt?"

„Das verrate ich dir. Wir gehen dafür in eine Bibliothek."

„Eine Bibliothek?", fragen Mio und ich im Chor.

Ich dachte, mich verhört zu haben, aber es ist Raxia ernst.

„Glaubst du, es gibt da ein Buch, was uns weiterhelfen wird? *Dumme Echse verschwinde* – oder so?", frage ich skeptisch.

„So ähnlich. Fatum ist nicht der erste *König*, der von seinem Volk gestürzt wird. Wir werden die ganze Nacht damit verbringen, uns darüber zu belesen."

„Du spinnst doch. Als ob sonntags eine Bibliothek geöffnet hat."

„Wir brechen ein", sagt sie überzeugt.

Schweigend lege ich meine Hand an ihre Stirn.

„Fieber hast du nicht."

„Milan!" Sie schubst mich weg. „Mein Plan ist super. Jetzt folgt mir, bevor wir noch weitere Zeit verschwenden. Es wird schon dunkel."

„Das geht sowas von schief."

„Muss es, schließlich wollen wir das durchziehen", seufzt Mio. „Ich will in keine Bibliothek einbrechen."

Doch es ist egal, was wir sagen. Unser Frauchen hat gesprochen.

Am Abend stehen wir vor der Stadtbibliothek.

„Natürlich geschlossen", stelle ich fest und trete vom Eingang zurück. Raxia geht an der Seite des Gebäudes entlang. Sie sucht die Wände systematisch nach einem anderen Eingang ab. Mio und ich warten genervt vor der Tür, bis sie uns zum Hinterhof ruft. Sie hat die Kellertür gefunden. Eine Treppe führt hinab.

„Aha. Und nun, du Genie? Kannst du Bücher durch Türen lesen?", frage ich.

„Wir brechen sie auf."

„Und wie, wenn ich fragen darf?"

„Öffne sie mit deiner Energie."

„Ich hab kaum noch Reserven. Wir sind gefühlt ewig in der Menschenwelt. Als ob ich da noch Spielraum für so einen Schnulli hätte."

„Warum hast du dich dann nicht von Mio aufladen lassen, wie ich?"

„Wann habt ihr das denn gemacht?"

„Als Lilly gegangen ist."

„Hättest mich ja ruhig mal ans Aufladen erinnern können", knurre ich und reiche Mio meine Hand. „Bitte einmal aufladen, damit die Nervensäge Ruhe gibt."

„Das hab ich gehört."

„Schön, dann sind zumindest deine Ohren in Ordnung."

„Ich bereue es jede Sekunde mehr, dich aus dem Qual-Glas befreit zu haben."

„Jetzt bin ich dein Dschinni und erfülle dir drei Wünsche. Nummer Eins, die Tür da öffnen. Also tritt beiseite und lass mich zaubern."

Mio kichert zurückhaltend. Er hält meine Hand in seinen und leitet seine Energie in meinen Körper. Unsere Hände glühen, während ich geduldig warte, bis meine Kraft zurückkehrt. Zufrieden danke ich ihm und steige zu Raxia die Treppenstufen hinab.

„Lässt du bitte den Flaschengeist seine Arbeit erledigen?"

Raxia kneift mir beleidigt in die Nase, bevor sie mir Platz macht. „Aua!"

Kommentarlos geht sie zu Mio. Ich lasse diese Frechheit auf sich beruhen und beginne mit meiner Arbeit. In der Hand forme ich eine kleine Energiekugel, um sie zu der Spitze meines Zeigefingers wandern zu lassen. Die Größe macht mir gar keine Probleme mehr. Gezielt lenke ich sie in das Türschloss. Das Metall im Inneren des Schlosses schmilzt zu einer zähen Masse zusammen, bevor es sich aufgrund der kalten Temperaturen wieder verfestigt. Ich drücke den Türgriff nach unten, aber nichts bewegt sich.

„Du hast alles noch schlimmer gemacht", nörgelt Raxia.

Zornig stemme ich ein Bein gegen die Hauswand und zerre mit den Händen am Türgriff. Aber es ist nichts zu wollen. Das verdammte Ding geht nicht auf.

„Kann man einen Flaschengeist eigentlich reklamieren?", stänkert sie.

„Ach, sei doch still. Wer konnte denn ahnen, dass das passiert?"

„Du hast eben kein Feingefühl, du Grobmotoriker."

„Na, das weißt du doch. Weshalb lässt du mich dann diese Aufgabe überhaupt ausführen? Mach es doch selbst. Außerdem ist es eine dämliche Idee, in eine Bibliothek einzubrechen. Da gibt es doch nichts außer Bücher."

„Darin ist Wissen enthalten. Aber der Wert davon ist dir natürlich absolut unbekannt."

„Hör auf, mich zu beleidigen."

„Dann stell dich nicht immer so blöd an."

„Ähm, Leute", mischt sich Mio in unsere Auseinandersetzung ein. Wütend funkeln wir ihn an. „Da ist ein offenes Fenster", sagt er und deutet in die erste Etage. Wir folgen seinem Wink und entdecken tatsächlich ein angekipptes Fenster.

„Das ist ja perfekt", strahlt Raxia und umarmt Mio. „Du bist fantastisch."

„Kleiner Streber", flüstere ich und denke mir den restlichen Teil.

Mios Entdeckung ist ziemlich nützlich. Die Frage ist nur, wie wir ohne Hilfsmittel in die erste Etage an das Fenster gelangen.

„Ich schlage eine Räuberleiter vor", sagt Raxia. „Zu dritt sind wir groß genug, um bis nach oben zu gelangen."

„Na, dann. Raxia, du bist unten."

„Ha, ha", knurrt sie.

Ich grinse, stelle mich mit dem Rücken zur Wand und falte die Hände ineinander.

„Mio, du zuerst."

„Schaffst du das wirklich?", fragt er misstrauisch.

„Das werden wir sehen. Sonst landen wir alle drei im frischen Pulverschnee."

Ein Seufzen, dann traut sich Mio und steigt auf meine Schultern.

„Scheiße! Wie schwer bist du denn?", keuche ich.

„Soll ich wieder runter?"

„Nein. Los Raxia. Beeil dich! Ich hab keine Lust mehr."

„Wie soll ich denn jetzt an euch hochklettern? Das geht doch gar nicht."

„Stell dich nicht so an!"

„Wag es nicht, mich zu betatschen, Milan", sagt sie.

„Als ob ich nichts Besseres zu tun habe. Außerdem muss ich Mio festhalten."

„Solange du noch meckerst, kann es nicht so schlimm sein."

Raxia stellt sich recht ungeschickt an, als sie an meiner Vorderseite nach oben über Mios Rückseite klettert. Ich habe Mühe, die beiden zu halten. Das ist extrem anstrengend und wird mir schnell zu viel. Ich fange an zu schwanken.

„Wah, Milan! Was machst du?", ruft Mio erschrocken.

„Beeilt euch gefälligst", presse ich hervor.

„Ich hab's gleich", meint Raxia und zerstört die Verrieglung des Fensters mit ihrer Energie. Es kippt nach innen und hängt nur noch an einer Angel. Sie klettert hinein.

„Raxia ist drin", sagt Mio. „Ich würde wieder run- ahhhhhh!"

Wir fallen um. Meine Grenze ist überschritten. Mio landet vor mir mit dem Rücken im Schnee. Ich liege bei seinen Füßen mit dem Gesicht in dem kalten Zeugs.

„Ist was passiert?", kreischt Raxia aufgeregt am Fenster. „Oh, Gott. Mio, geht's dir gut?!"

„Ja, alles in Ordnung", erwidert er und richtet sich auf. Ich ziehe mein Gesicht aus dem Dreck.

„Bei mir auch. Danke der Nachfrage", antworte ich empört.

„Mio ist aus einer weitaus gefährlicheren Höhe gestürzt. Wartet jetzt, bis ich euch unten ein Fenster öffne."

‚Irgendwann kriegt die ihre Frechheiten alle zurück', denke ich genervt und klopfe mir den Schnee von den Klamotten.

„Okay, dann machen wir uns auf die Suche. Findet Bücher zum Unabhängigkeitskrieg, zur Französischen und Russischen Revolution und so weiter."

„Äh, stopp, ja? Ich hab das erste schon wieder vergessen", unterbreche ich Raxia. „Außerdem kann Mio nicht lesen. Wie soll er da unter all den Büchern das Richtige finden? Wir suchen einen Computer und befragen die Datenbank. Die wird uns weiterhelfen."

„Ja, clever. Dann finde mal einen, der eingeschaltet ist", antwortet sie.

„Äh …"

„Mio, du begleitest Milan. Pass auf, dass er die Aufgabe ernst nimmt. Ich knöpfe mir die oberste Etage vor. Ihr zwei bleibt im Erdgeschoss. Nehmt alle Bücher mit, die ihr finden könnt."

„Als ob du die alle so schnell lesen kannst", widerspreche ich.

„Lass das meine Sorge sein."

Raxia dreht sich weg und geht. Genervt stoße ich einen tiefen Seufzer aus und stecke die Hände in die Taschen.

„Wenigstens ist es hier halbwegs warm", bemerke ich erschöpft.

„Ich werde dir keine Hilfe sein können", seufzt Mio und sieht traurig zu Boden.

Ich klopfe ihm aufmunternd auf die Schulter.

„Sobald sich dein Kopf von der Folter komplett erholt hat, erinnerst du dich auch wieder ans Lesen. Ich bin davon überzeugt. Und bis dahin bist du mein seelischer Beistand, damit ich unsere Hexe ertrage."

Er schmunzelt dankbar. Grinsend lasse ich von ihm ab und beginne das erste Regal nach Geschichtsbüchern abzusuchen. Mio erzeugt dabei mit Hilfe seiner Energie eine Lichtkugel, die es mir ermöglicht, die Buchtitel zu erkennen. Schon bald stelle ich fest, dass wir in der Kinderabteilung sind.

„Hier werden wir wohl keine Bücher über historische Revolutionen finden", vermutet Mio.

„Kacke. Na, dann eben ein anderer Raum. Los, komm. Lass uns links weitermachen."

Er nickt und dackelt mir brav hinterher. Dabei ist er stets bedacht, das die Lichtkugel weiter leuchtet. Ich muss schmunzeln, als mir einfällt, dass er noch größere Angst im Dunkeln hat als ich.

Die Suche geht weiter. Das ist voll öde. Ich erwische mich dabei, wie ich mir die Bücher immer unkonzentrierter anschaue, da hier kein einziger Titel nach Geschichtsroman oder Sachbuch klingt.

„Wir hätten uns auch ein Internetcafé suchen und online recherchieren können", motze ich.

„Raxia bevorzugt gedrucktes Wissen."

„Wer weiß, aus welcher Zeit die stammt. Steinzeit oder so…"

„Vielleicht sagt sie es uns irgendwann."

„Bisher hat sie mich immer abgewürgt, wenn ich mich nach ihrem Tod erkundigt habe."

„Sie will bestimmt nicht daran erinnert werden."

„Wahrscheinlich."

Mio und ich sind eindeutig in der falschen Etage. Doch dann, wider aller Erwartungen, mache ich einen Fund. Einen mega Fund. Der zieht mir bald die Socken aus. Meine Augen fangen an zu leuchten, als ich die halbleere Zigarettenschachtel zwischen den Liebesromanen in der letzten Reihe des Regals entdecke. Jemand hat die Schachtel hinter einem fetten Roman versteckt.

„Wie geil ist das denn", strahle ich über beide Ohren und hole mir gleich die erste Kippe aus der Schachtel. Mio kann meine Euphorie nicht verstehen. Er hebt verwirrt eine Augenbraue, als ich dabei bin, die Zigarette mit Hilfe meiner eigenen Energie irgendwie anzuzünden.

„Willst du damit nicht lieber warten?", fragt er.

„Ach, warum denn? Damit die Gewitterhexe sie mir wegnimmt und mir die Pause untersagt? Nee, nix da."

Nach dem dritten Anlauf klappt es und die Zigarette ist an. Überglücklich inhaliere ich den Rauch. Warum hab ich damals noch mal aufgehört? Ach ja, Caro …

„Das stinkt", nörgelt Mio und wedelt in der Luft.

„Du stinkst auch." Ich öffne ein Fenster.

„Wirklich?"

Ich muss lachen, als ich seinen nervösen Blick bemerke.

„Glaub doch nicht immer alles", sage ich, bevor ich den nächsten Zug von der Zigarette nehme und beschließe, die Buchsuche für längere Zeit zu unterbrechen. Pause ist angesagt. Die nutze ich, um Mio noch ein bisschen über seine Vergangenheit auszuquetschen.

„An was aus deiner Kindheit erinnerst du dich denn mittlerweile wieder?", frage ich.

Er fängt an zu grübeln.

„Ich hab Fußball im Verein gespielt."

„Das weiß ich bereits. Auch, dass du in Mia verknallt warst und damit wahrscheinlich bi und nicht schwul bist."

„N-Nein, wieso denkst du das?", widerspricht er mit rotem Hauch über der Nase. „Es war eher umgekehrt."

„Und wieso wirst du da schon wieder rot?"

„Ich weiß die Details nicht mehr, aber meine Mama war zu der Zeit gestorben."

„Fettnäpfchen. Sorry."

Sein Blick trifft mich.

„Wie war deine Kindheit? Dass du deinen Vater nicht mochtest, weiß ich noch."

„Nicht mögen ist untertrieben", seufze ich und wechsle schnell das Thema, schließlich will ich Mio ausfragen und nicht umgekehrt, jedoch macht mir jemand einen Strich durch die Rechnung.

Das Licht in unserem Raum wird eingeschalten. Erschrocken werfe ich die Zigarette aus dem geöffneten Fenster und gehe in Deckung. Ich verkrieche mich neben Mio hinter das Regal mit den Liebesromanen.

x|Das hat nicht Raxia angemacht, Milan.|x

Ich nicke, als ich bereits Schritte höre, die auf uns zukommen.

x|Oh Gott! Wenn das jetzt ein Fluchschatten ist!|x, jammert Mios Stimme in meinem Kopf.

x|Ach, Unsinn. Erstens brauchen die es dunkel und zweitens machen die keine Schritte. Vielleicht hat uns jemand beim Einsteigen beobachtet und die Polizei gerufen.|x

x|Was machen wir denn jetzt?!|x

Mio bekommt Panik. Seine Aura beginnt zu schimmern.

x|Glühwürmchen, hör auf zu leuchten. Spinnst du? Was soll das? Die werden uns schon nicht fressen.|x

Zwecklos. Mio steigert sich weiter in seine Angst.

Die Schritte werden lauter.

Ich schubse ihn um und lege mich auf ihn, um sein Strahlen zu verbergen.

x|Beruhige dich! Wenn du ausrastest, killst du mich. Reiß dich zusammen!|x Alles sinnlos.

Mio schreit verzweifelt, dass ich von ihm runtergehen soll. Spätestens jetzt haben wir alle Aufmerksamkeit auf unserer Seite.

Die Schritte werden schneller, bis die Besitzerin vor uns zum Halten kommt. Ich bleibe bewusst auf Mio liegen, sodass seine Aura hoffentlich verborgen bleibt.

„Oh Gott", kreischt die Frau entsetzt. „Was tun Sie da? Ich rufe die Polizei."

„Nein", sage ich hektisch „Wir hören schon auf. Sorry."

x|Spiel mit, wenn du nicht als leuchtendes Versuchskaninchen enden willst|x

Ich beiße die Zähne zusammen und spreche die Fremde an.

„Sie haben uns erwischt. Sorry. Wir wollten- …"

Die Frau unterbricht mich.

„Oh mein Gott. Milan. Das bist doch du, nicht wahr?"

„Äh…"

Verwirrt hebe ich den Blick über die Schulter und erkenne sie. Caro. Mir verschlägt es die Sprache. Fassungslos starre ich sie an.

x|Meine Aura ist wieder unter Kontrolle. Geh endlich von mir runter. Das sieht aus, als wären wir ein Paar.|x

Mio reißt mich aus der Starre. Stumm stehe ich auf und stelle mich Caro gegenüber. Sie sieht ganz anders aus als früher, aber trotzdem habe ich sie sofort wiedererkannt.

„Die dunklen Haare stehen dir", sage ich überfordert. ‚Blond war trotzdem hübscher.'

„Wie seid ihr hier reingekommen?", fragt sie.

„Ein Fenster war offen."

„Habt ihr nichts Besseres zu tun, als in die Bibliothek einzubrechen? Ihr habt mich zu Tode erschreckt."

„Entschuldige. Das war nur ein dummer Streich."

„Dumm ist gar kein Ausdruck."

Sie atmet erleichtert aus und steckt das Handy weg, welches sie wahrscheinlich für den Anruf bei der Polizei in der Hand hielt.

„Da sehen wir uns nach so vielen Jahren wieder, nachdem du wie vom Erdboden verschluckt warst, und dann so ein Schreck. Kannst du mir verraten, warum du keinen Tag älter als damals aussiehst? Wie machst du das? Und warum bist du hier? Ich bin gerade echt durch den Wind."

Ich kann nicht sofort antworten, weil Raxias Stimme in meinem Kopf ertönt.

x|Milan, Mio - Was ist bei euch unten los? Mit wem redet ihr?|x

x|Ich hab 'ne alte Freundin getroffen.|x, antworte ich.

x|Muss ich das verstehen?|x

x|Nein. Bleib, wo du bist. Ich hab das unter Kontrolle.|x

„Hat es dir die Sprache verschlagen?" Caro stemmt die Hände in die Hüften. „Wer ist das, Milan? Stehst du jetzt auf Schuljungen?"

„So ein Unsinn", wehre ich ab. „Das ist Emilio. Wir sind Freunde."

„Freunde?"

„Ja."

„Ich bin doch nicht bescheuert. Ihr wolltet es gerade tun. Er hat geschrien, dass du runtergehen sollst. Bist du deswegen so urplötzlich verschwunden? Stehst du ... auf Männer?"

„Ach Quatsch. Du verstehst da etwas völlig falsch."

Mio wird knallrot und starrt schweigend den Boden an.

„Ist jetzt auch egal. Seht zu, dass ihr hier rauskommt. Ich habe keine Lust, dass ein Nachbar euch bemerkt und mich am Montag bei meinem Chef anschwärzt, weil ich ein Fenster vergessen habe zu schließen", fordert Caro.

„Okay. Wir sind schon weg."

Ich packe Mio und zerre ihn mit. Caro folgt uns, nachdem sie das Fenster, aus dem ich die Zigarette geworfen habe, wieder geschlossen hat. Jedoch schlägt sie eine andere Richtung ein. Sie will ins Obergeschoss zu Raxia.

„Caro, wo willst du hin?"

Nervös halte ich ihre Hand, damit sie stehen bleibt.

„Das sagte ich gerade. Ich habe ein Fenster offengelassen und will es schließen. Es ist mir zwar ein Rätsel, wie ihr durchs Bürofenster im ersten Stock einsteigen konntet, aber offensichtlich bist du noch so fit wie früher."

„Das haben wir bereits geschlossen", lüge ich. „Wir wollten aus dem unteren Fenster wieder aussteigen. Ist sicherer, weißt du?"

„Kann ich mich darauf verlassen? Ich bekomme Ärger, wenn das rauskommt. Ich kann es mir nicht leisten, meinen Job zu verlieren."

„Wolltest du nicht nach der Ausbildung bei deiner Mutter im Büro arbeiten?", frage ich und erhalte als Antwort ein Augenrollen.

„Das ist lange her", antwortet Caro und macht erneut Anstalten, die Etage wechseln zu wollen. Ich schnappe mir ihren Arm.

„Alle Fenster sind zu. Ehrenwort", verspreche ich und kann sie endlich überzeugen.

„Na, gut. Für den Schreck ladet ihr mich jetzt aber auf einen Drink ein", legt sie fest.

Beschlossene Sache. Mio und ich begleiten Caro zu ihrem Wagen. Ich mache große Augen. Als ich sie das letzte Mal gesehen habe, war Caro achtzehn und Azubi im Architekturbüro, in dem auch ihre Mutter arbeitete. Jetzt fährt sie Auto. Seit damals sind vier Jahre in der Menschenwelt vergangen. Ich sah es an der Datumsanzeige im Schaufenster, bevor Raxia und ich Mio und Lilly in der Bank gefunden haben.

Die Zeit stand für Caro nicht still.

„Was guckst du so überrascht?", fragt sie, als sie meinen Blick bemerkt.

„Ach, nichts. Mio, du gehst hinten hin."

x|Ich bleibe bei Raxia|x, sagt er telepathisch.

x|Und wie soll ich das Caro gegenüber begründen?|x

Mio sucht ihren Blick.

„Ich geh' nach Hause. Es ist schon spät und ich bekomme Ärger, wenn ich nach Mitternacht noch unterwegs bin. Außerdem darf ich mit sechzehn eh noch nichts trinken."

„Soll ich dich fahren?", bietet Caro an.

„Nein, vielen Dank. Ich wohne nicht weit weg."

„Na, okay. Ich will euch euren Abend aber nicht verderben."

„Ach, Unsinn. Wir sehen uns später. Verlauf dich nicht", erwidere ich, bevor ich auch telepathisch antworte.

x|Du kannst ja doch lügen|x, stelle ich begeistert fest und bedanke mich für seinen Rückhalt.

x|Aus purem Eigennutz werde ich Raxia sagen, dass du einer Spur nachgehst. Ich habe keine Lust auf ihre miese Laune. |x

x|Du bist echt in Ordnung.|x

Caro und ich überlegen es uns während der Fahrt anders. Wir besuchen keine Bar, sondern fahren zu ihr nach Hause. Da ist es ruhiger und wir können uns besser unterhalten. Außerdem bin ich neugierig, wie sie mittlerweile lebt.

Als wir ankommen, bin ich von den Socken. Die Bude ist riesig – ein Haus, um genau zu sein. In der Garage sind für zwei Wagen Platz. Ich kann mir denken, dass Caro nicht allein hier lebt.

„Bist du mit Olli zusammen?", frage ich zurückhaltend.

„Quatsch", lacht sie. „Warum sollte ich? Er ist kurz nachdem du verschwunden bist ins Ausland gezogen, um da zu arbeiten. Ich habe keinen Kontakt mehr zu ihm. Ihn hat dein plötzliches Verschwinden aber auch ziemlich mitgenommen."

„Hat es das?"

„Ja klar. Ist doch normal. Ihr seid doch beste Freunde gewesen."

„Stimmt."

Ich habe ein schlechtes Gewissen. Die ganze Zeit habe ich nur Caro hinterhergetrauert. Dass mein Tod auch bei meinem besten Freund Kummer ausgelöst hat, ist mir nie in den Sinn gekommen. Es ist wirklich beschissen ihnen nicht die Wahrheit sagen zu dürfen. Jetzt denken beide, ich habe sie absichtlich verlassen. Es wundert mich, dass Caro überhaupt noch mit mir redet.

Ich folge ihr durch die Garage ins Innere des Hauses. Alles ist weiß-beige. Absolut langweilig. Ich vermisse die grellen Wände aus ihrem Kinderzimmer. Die haben viel besser zu ihr gepasst, als diese Langeweile.

Im Wohnzimmer bleiben wir stehen. Mir fällt das große Gemälde über dem weißen Kamin sofort auf. Die Wiedersehensfreude wird gedämpft.

„Wann habt ihr geheiratet?", frage ich mit trockener Stimme.

Auf dem Gemälde ist Caro im weißen Kleid und ein Typ im Anzug zu sehen. Ich kenne ihn nicht, aber er sieht mindestens zehn Jahre älter aus als wir. Caro dagegen ist wunderschön. Ich wünschte, ich wäre neben ihr auf dem Foto.

„Vor einem Jahr", sagt sie beiläufig. „Milan, bitte sag mir, warum du so urplötzlich verschwunden bist. Ich habe ewig nach dir gesucht, aber du warst wie vom Erdboden verschluckt. Niemand wusste, wo du steckst. Olli nicht, deine Eltern nicht."

„Du warst bei meinen Eltern?"

„Ja, natürlich. Ich habe mir die schlimmsten Dinge ausgemalt. Du bist nicht der Typ, der einfach sang- und klanglos verschwindet. Deswegen — sei ehrlich. Lag es an dem Geschenk?"

„Hä?"

Caro seufzt. „Ich wollte es dir schon die ganze Zeit sagen, aber da ich wusste, dass du Olli niemals in den Rücken fallen würdest, habe ich auf die Weise versucht, es dich wissen zu lassen."

„Caro, was erzählst du da?"

Sie sieht mich an. Mir wird ganz anders. Instinktiv wandert meine Hand in die Hosentasche und hält die Sternschnuppe fest. Doch die drei Worte, auf die ich gewartet habe, kommen nicht. Caro schüttelt den Kopf.

„Es ist so lange her und jetzt bist du so plötzlich wieder da, wie du verschwunden bist. Ich brauche erstmal einen Schluck, sonst drehe ich durch. Trinkst du mit?"

„Ist dein Mann denn gar nicht zu Hause?"

Sie lacht. „Komm mit, dann erzähle ich es dir."

Zu so einem vornehmen Haus gehört natürlich auch eine gut ausgestattete Kellerbar. Caro schaltet die Musik ein, während ich ein paar Cocktails mische. Ich kenne nicht einen der Songs. Zum Kotzen …

Nachdem die ersten Gläser geleert sind, schmunzelt Caro.

„Deine Cocktails sind noch so gut wie früher", meint sie.

Der süßliche Geruch vom Orangensaft steigt mir beim Trinken in die Nase. „Das war damals bereits dein Lieblingscocktail. Maracuja, Orange, Zitrone mit Wodka und Brandy plus eine extra Portion Grenadine, damit es nicht zu sauer ist."

„Das hast du dir gemerkt?"

„Natürlich. Nach der Abschlussfeier hab ich gefühlt 100 von den Dingern für dich gemacht."

„Ja, ich erinnere mich. Wir haben gefeiert, dass ich Mathe mit 4,2 bestanden habe."

„Ja. Und danach warst du so betrunken, dass du mich vollgekotzt hast, als wir zusammen getanzt haben."

„Daran würde ich mich lieber nicht erinnern", kichert sie.

„Aber es ist geschehen." Grinsend proste ich ihr zu. „Heut aber bitte nicht. Ich hab wieder keine Wechselklamotten dabei."

Caro lacht, dann seufzt sie unerwartet.

„Was hast du die letzten vier Jahre getrieben, Milli? Ich meine, du warst plötzlich weg. Einfach so. Niemand wusste, wo du bist. Deine Familie, der dicke Italiener, bei dem du gearbeitet hast- ..."

„Luigi."

„Ja, der. Olli, ich – wo warst du? Ich war sogar bei der Polizei eine Vermisstenanzeige aufgeben."

„Caro, ich- ..."

„Nein, Milli. Eigentlich will ich es gar nicht wissen. Ich glaube, es würde alles nur schlimmer machen, wenn ich den Grund erfahre. Entschuldige. Ich bin immer noch total durcheinander." Sie sieht sehr traurig aus, als ihre Fingerkuppe den Rand des Glases entlangfährt und ihre Augen die Bewegung verfolgen.

Ich fühle mich furchtbar. Scheinbar hat sie all die Jahre genauso unter unserer Trennung gelitten wie ich. Wenn ich es nicht besser wüsste, könnte ich wirklich denken, dass sie auch in mich verliebt war. Aber wahrscheinlich hat sie mich einfach nur als guten Freund vermisst.

„Erzähl mir von deinem Mann", sage ich und trinke schnell mehr von dem Cocktail. Ich will das miese Gefühl in mir betäuben. Hoffentlich wirkt Alkohol bei dem toten Körper besser als Nikotin.

„Über ihn gibt es nicht viel zu sagen", antwortet Caro.

„Er scheint einen guten Job zu haben, wenn ich mir die Bude so ansehe."

„Er ist Zahnarzt. Über meine Mutter habe ich ihn kennengelernt. Sie war seine Patientin. Ich wünschte, sie wäre damals wegen ihrer Zahnschmerzen in eine andere Praxis gegangen."

„Das klingt aber nicht nach einem glücklich vermählten Paar."

Sie lacht bitter. „Ich hätte ihn nie heiraten dürfen."

„Warum? Du wolltest doch immer in einem schönen Haus leben."

„Ich wollte auch immer ein Einhorn haben."

„Das lässt sich einrichten. Hast du hier irgendwo Papier?"

„Im Schrank da. Was hast du vor? Malst du mir eins?"

„Nein, besser."

Ich folge der Wegbeschreibung und sichere mir ein Blatt Papier. Mit ein paar Handgriffen falte ich Caro ein Einhorn und lasse es in meiner Hand zu ihr galoppieren. Sie strahlt über das ganze Gesicht.

„Du darfst es Hörnchen nennen."

„Wie toll. Mein kleines Hörnchen." – Ich bin sicher, dass der Alkohol bereits aus ihr spricht.

„Jetzt hast du deinen Palast und dein Einhorn."

„Aber keinen Mann, den ich liebe", sagt sie traurig.

„Hattet ihr Streit? Ist er deswegen nicht da?"

Sie schüttelt den Kopf.

„Er ist bei irgendeiner Tussi."

„Ernsthaft?"

„Die Ehe ist scheinbar nichts für ihn."

„Das tut mir leid."

„Mir nicht. Ich habe ihn nur geheiratet, weil Mama der Meinung war, ich bekomme nie wieder einen so guten Mann wie ihn. Sie hat mich nicht in Ruhe gelassen. Seit sie weiß, dass ich die Scheidung will, haben wir kein Wort mehr gewechselt. Dabei ist sie selbst geschieden. Ich verstehe diese Frau einfach nicht."

„Ich kann mich noch erinnern, mit welchen Blicken sie mich immer bedacht hat, wenn ich bei dir wegen Mathe zu Besuch war."

„Sie konnte dich nicht leiden. Ich denke, sie war froh, als du plötzlich weg warst. Dabei hast du immer so geduldig mit mir gelernt."

„Ich hätte lieber andere Dinge mit dir gemacht", grinse ich und merke, wie mir der Alkohol zu Kopf gestiegen ist. Offensichtlich kann man als Toter betrunken werden. Warum das dann mit dem Nikotin nicht klappt? – Ach, egal.

Meine letzte Bemerkung scheint Caro gefallen zu haben. Sie kommt etwas näher an mich herangerückt.

„Was hättest du denn lieber mit mir gemacht, Milli?"

Ich muss lachen. „Du bist die Einzige, die mich so nennen darf. Weißt du das eigentlich?"

„Bin ich denn auch die Einzige, die das machen darf?"

Sie küsst mich. Ich glaub, mein Schwein pfeift. Ihre weichen, rotgemalten Lippen, der süße Duft ihres Parfüms … Ich könnte heulen vor Glück. So viele Jahre habe ich mir das herbeigesehnt.

Nach dem Kuss lächelt Caro mich an. Wir sehen uns ganz lange in die Augen, bis ich das Gefühl habe, tief in ihnen versunken zu sein. Die Zeit steht still. Ich nehme nur noch Caro wahr. Es ist wie ein Traum, den ich schon so oft geträumt habe, aber der jedes Mal, wenn ich die Augen geöffnet habe, wie eine Seifenblase zerplatzt ist.

Wir küssen uns sehr lange und voller Leidenschaft, bis wir schließlich in ihrem Schlafzimmer landen. Beim Ausziehen fällt die Sternschnuppe aus meiner Hose. Caro bemerkt sie. Fassungslos hebt sie sie vom Boden auf.

„Du hast sie aufgehoben …"

„Ich habe mir auch etwas gewünscht."

„Was denn?"

„Das darf ich nicht verraten, sonst geht es nicht in Erfüllung."

Sie schmunzelt und legt den Anhänger auf den Nachttisch. Dann kommt sie zu mir und schmiegt sich an mich.

„Ich wünsche mir auch etwas von ihr."

„Dass das hier nie endet?"

„Pscht, Milli. Wenn der Wunsch nicht geheim bleibt, geht er nicht in Erfüllung."

KAPITEL 16

Es ist wirklich passiert. Selbst jetzt, wo ich neben Caro in ihrem Bett liege, kann ich es nicht glauben. Sie sieht so friedlich aus, während sie schläft. Ich würde diesen Moment gern einfrieren, sodass er nie vorbeigeht, aber die Realität holt mich schnell wieder ein. Ich muss gehen. Keine Ahnung, ob es Mio gelungen ist, Raxia bis jetzt in der Bibliothek zu beschäftigen. Wahrscheinlich nicht. Sei es drum. Ich lasse den Sternschnuppenanhänger bei Caro auf dem Nachttisch. Als Notizzettel dient ein Taschentuch. Mit dem Kugelschreiber aus der Schublade schreibe ich ihr, dass sich mein Wunsch erfüllt hat und ich alles daran setze, sie für immer zu beschützen. Theatralischer soll der Abschied nicht ausfallen. Ich werfe noch einen kurzen Blick auf ihr friedlich schlafendes Gesicht, dann verlasse ich ihr Haus.

Draußen wartet mein Empfangskomitee. Ich bin mehr als frustriert, als ich Raxia gleich hinter dem Gartentor erblicke. Ein paar Minuten hätte ich gern noch für mich gehabt, um die Nacht ganz tief in meine Seele einzubrennen.

Mio steht mit eingezogenem Kopf etwas abseits. Offenbar schämt er sich, weil sie hier und nicht mehr in der Bibliothek sind.

„Was hast du getan, Milan?" Raxia ist stinksauer.

„Ich denke nicht, dass dich das was angeht."

„Du kannst doch nicht einfach mit einer Lebenden in die Kiste springen."

„Woher weißt du das? Außerdem ist Caro nicht einfach nur eine *Lebende*."

„Ich habe zwei Augen."

„Hast du gespannt? Du kennst echt keine Grenzen."

„Milan, so etwas darfst du nicht- ..."

„Beende das Thema. Ich habe meine ganze Kraft aufbringen müssen, nicht für immer neben ihr liegen zu bleiben. Ich ertrage noch keine Moralpredigt."

Mir ist bewusst, dass Raxia Recht hat. Ich werde wieder aus Caros Leben verschwinden und sie wird nie erfahren, wieso. Meine Abschiedsbotschaft wird daran nichts ändern. Sie wird sich benutzt und verarscht vorkommen und anfangen, mich zu hassen. Aber vielleicht ist es genau das, was sie dazu animieren wird, ein neues Leben zu beginnen. Dass mir dabei das Herz bricht, ist unwichtig. Für mich zählt nur Caro.

Unerwartet fängt Raxia an zu schluchzen. Sie wirft sich an meine Brust. Ich weiß gar nicht, wie mir geschieht. Perplex erwidere ich die Umarmung und werfe Mio einen hilfesuchenden Blick zu. Er hebt ratlos die Schultern.

„Du bist so dumm", schluchzt sie. „Warum quälst du dich nur so? Wie soll ich euch denn beschützen, wenn ihr immer wieder so einen Mist macht."

„Du musst mich nicht beschützen. Außerdem machen wir gar nicht ständig Mist. Oder, Mio?"

Er schüttelt den Kopf. Das kann Raxia von ihrer Position aus natürlich nicht sehen. Aber es bedarf zum Glück keiner weiterer Worte, damit sie sich wieder fängt. Ihr kurzer Emotionsausbruch hat ihr scheinbar geholfen, jetzt wieder klarer denken zu können. Sie wischt die Tränen weg.

„Milan, Emilio – Ich möchte, dass ihr mir versprecht, eure Vergangenheit ruhen zu lassen. Es bringt nichts sich immer wieder mit dem Was-wäre-wenn zu quälen. Das raubt euch unnötig die Energie und damit den Fokus auf das Wesentliche. Setzt eure Macht dafür ein, die Menschen, die euch im Leben wichtig waren, vor Malum zu beschützen. Wir dürfen die zweite Chance, die wir als Fatums Soldaten erhalten haben, nicht vergeuden, indem wir in Selbstmitleid versinken und versuchen uns an etwas zu klammern, das längst verloren ist."

Raxias Worte geistern mir im Kopf herum. Sie klangen nicht belehrend wie sonst, sondern mitfühlend. Ich denke, dass sie aus eigener Erfahrung gesprochen hat. Dabei fällt mir auf, dass ich sie in all der Zeit noch nie ernsthaft nach ihrem Leben vor dem Tod gefragt habe. Einmal habe ich die Frage während des

Trainings vor der Blutmondmission angeschnitten, aber sie ist ausgewichen. Einen zweiten Versuch gab es nicht. Zwar weiß ich, dass sie den Arsch kennt, der Mio und meine Seele verflucht hat, aber dann hört es auch auf.

Ich beschließe das Thema anzusprechen, nachdem wir uns von Caros Haus entfernt haben und auf der Suche nach einem Ort sind, an dem wir uns sammeln können. Raxia sagte, dass wir warten müssen, bis wir von Neven und Mia aus dem Nichts neue Informationen erhalten. Es gibt auch irgendeinen Plan, den sie uns verraten möchte. Ob sie sich den aus ihren Buchrecherchen zusammengereimt hat, weiß ich nicht.

Mio ist wie immer recht schweigsam. Ich frage mich, ob Raxia ihm mehr über ihr früheres Leben verraten hat. Aber wahrscheinlich nicht.

„Raxia, sag mal", breche ich die Stille. „Ich kann nicht vergessen, was du vorhin zu uns gesagt hast. Kann es sein, dass es dir nach deinem Tod ähnlich ging? Konntest du auch deine Vergangenheit nicht einfach ruhen lassen?"

„Nein. Und jetzt genug von dem Thema. Ich bin immer noch wütend auf dich, weil du einfach deinen niederen Trieben gefolgt bist."

Klatsch – da ist sie wieder: die rothaarige Zicke. Ich erwidere nichts auf ihren schnippischen Kommentar, sondern akzeptiere, dass sie nicht darüber reden will.

Wir finden irgendwann ein altes Wohngebiet, in dem ein Gebäude abgerissen werden soll. Es sieht heruntergekommen aus.

„Hier dürfte niemand mehr wohnen. Lasst uns reingehen", sagt Raxia und wir laufen ihr brav hinterher.

Eine leerstehende Wohnung im Obergeschoss wird zum neuen Hauptquartier auserkoren. Die Fenster hier sind noch intakt, weshalb es nicht so unangenehm zieht, wie in den anderen Buden weiter unten. Es gibt sogar noch ein paar alte Decken, die von den Vormietern liegengelassen worden. Wir breiten sie auf dem Fußboden aus und setzen uns auf den wärmenden Stoff. Die Jacken lassen wir aber an. Es ist immer noch arschkalt. Ich hauche mir in die Hände, weil ich vergessen habe, dass wir Tote nicht mehr atmen. Der gewünschte Effekt bleibt natürlich aus.

„Vielleicht machen wir ein Feuer?", schlägt Mio vor.

„In einem geschlossenen Raum?", frage ich skeptisch.

„Ersticken können wir doch nicht mehr."

„Nein, Mio. Das könnte von draußen jemand sehen", seufzt Raxia. „Wir müssen warten, bis es wieder hell wird. Am Tag ist es wärmer."

„Und was machen wir bis dahin?", frage ich. „Erzählst du uns von deinem Plan?"

Sie stimmt zu. „Es ist aber nicht allein meiner. Als Mio im Silbernen Meer und du in der Quälerei gefangen wart, habe ich mich sehr oft mit Neven unterhalten."

„Das ist der kleine Junge, der das Pech hat, mit dem Zahnstocher im Team zu sein, stimmt's?", hake ich nach.

„Er heißt Alfabio."

„Hieß", grinse ich und zwinkere Mio zu. Er findet das nicht so witzig. Scheinbar hat er ein schlechtes Gewissen. Ich versuche es ihm zu nehmen. „Ich habe im Qual-Glas live miterlebt, wie er dich angegriffen hat. Du hattest keine andere Wahl, als dich zu wehren."

„Seine Seelenpartikel wurden zerstreut, als ihn meine Energie getroffen hat", erklärt Mio den Teil, der mir aufgrund des Verbindungsabbruchs fehlt.

Raxia macht große Augen. „Du hast ihn ganz allein besiegt?"

„Kann man ihn irgendwie zurückholen?", fragt Mio.

Raxia nickt zu seiner sichtbaren Erleichterung. „Wenn alles vorbei ist, sammeln wir seine Seelenpartikel und fügen sie wieder zusammen. Das wird dauern, aber ich bin mir sicher, alle werden dabei helfen."

„Den Arsch will doch aber keiner zurück", mische ich mich ein.

„Das entscheidest nicht du. Ich bin mir sicher, dass Alfabio alles verstehen wird, wenn wir uns die Zeit nehmen, mit ihm zu sprechen."

„Ich wette dagegen", motze ich und habe keine Lust mehr auf das Thema. Ich will lieber wissen, über was Raxia sich mit dem Knirps Neven unterhalten hat.

„Wir sind zu dem Ergebnis gekommen", fasst sie die vielen Unterhaltungen zusammen, „dass sowohl in Mio, als auch in dir, Milan, noch eine Kraft schlummern muss, die noch nicht erweckt worden ist. Neven und ich waren uns beide einig, dass ihr noch nicht euer ganzes Potential ausgeschöpft habt."

„Bedeutet?", frage ich.

„Es muss uns gelingen, die schlafende Macht zu wecken, damit wir Fatum angreifen und besiegen können."

Ich mache große Augen.

„Du willst ernsthaft deine geliebte Echse killen? Stand diese radikale Methode in deinen Lehrbüchern?"

„Die waren wenig inspirierend", seufzt sie, bevor Mio das Wort ergreift.

„Ich denke nicht, dass wir das können. Ich stand Malum gegenüber und Fatum erscheint mir nicht weniger mächtig, obwohl er kleiner ist."

Raxia schüttelt den Kopf.

„Ich befürchte, dass eure Generation die letzte ist, in der die Magie meines Ur-Ältesten noch vorhanden ist. Sie ist schwächer als bei den vorherigen Reinkarnationen, aber das bedeutet nicht, dass sie zu schwach ist, um gegen die Aguaner zu bestehen. Zodan hätte sich nie den Aufwand gemacht, euch zu erschaffen, würdet ihr nach ein paar Versuchen wertlos werden. Ich bin davon überzeugt, dass wir die verborgene Kraft, die in euch schlummert, wecken können." Mich trifft ihr Blick. „Du bist nicht schwach, nur weil du Energie nicht gut formen kannst. Ich glaube, dass die Macht, mit der du dies erlernst, nur noch nicht erwacht ist. Im Training hast du in allen anderen Bereichen extreme Fortschritte gemacht. Außerdem kannst du sehr lange in der Menschenwelt verweilen, ohne deine Reserven auffüllen zu müssen. Körperlich bist du auch extrem stark."

„So viel Lob. Bist du es noch, Raxia?"

„Spinn nicht rum. Du verstehst doch, auf was ich hinauswill, oder?"

„Ja. Aber ich habe keine Ahnung, wie du das bewerkstelligen willst. Meine *Macht* wird ja sicher nicht einfach bei einem Weckerklingeln aufwachen."

„Nein", sagt sie und sieht zu Mio. „Du hast auch noch nicht dein ganzes Potential ausgeschöpft. Zwar bist du jetzt stärker als Milan, was deine magischen Fähigkeiten betrifft, aber du kannst sie nicht kontrollieren. Du bist eine tickende Zeitbombe, mit der es unmöglich ist, strategisch gegen die Drachen vorzugehen. Neven und ich sind der Meinung, dass beim Blutmondritual irgendetwas schiefgegangen sein muss, weshalb der Teil in dir, der deine Macht kontrolliert, versiegelt wurde. Wenn es uns gelingt, ihn zurückzuholen, solltest du keine Probleme mehr haben, gezielte Angriffe zu starten."

„Das klingt ja alles ganz plausibel, aber wie willst du das machen? Wie gesagt: ein Wecker wird da nicht reichen", gebe ich zu bedenken und bringe sie zum seufzen.

„Es gibt eine Möglichkeit", meint sie. „Aber die bin ich nicht gewillt, durchzuführen."

„Hä? Wieso?" Auch Mio blickt fragend in die Runde.

„Weil die Durchführung der Hypnose eine peinliche Angelegenheit werden kann", höre ich plötzlich eine fremde Stimme sagen. Sofort stehe ich auf den Beinen und sehe mich hektisch im Raum um. Als ich einen schwarzhaarigen Grundschüler neben einem hübschen Mädchen mit derselben Haarfarbe entdecke, fällt sämtliche Anspannung von mir ab.

„Mia", sage ich erleichtert.

Sie lächelt und winkt. Ihr Blick huscht gleich zu Mio, der sie schüchtern ansieht.

Raxia erhebt sich, geht zu dem Jungen und schließt ihn in ihre Arme.

„Neven, es geht euch gut. Ich bin so froh", sagt sie.

Ich verstehe. Klar. Wenn Neven im Nichts eine kindliche Energieerscheinung hat, muss er auch in der Menschenwelt ein Kind sein. Das bedeutet, dass er als Kind gestorben ist. Armer Kerl. Was ihn wohl umgebracht hat – oder besser wer?

„Wir haben leider keine guten Nachrichten", erklärt Neven. Er und Mia setzen sich mit uns zurück auf die Decken in einen Kreis. „Fatum hat bereits von der Rebellion erfahren. Er sperrt alle verdächtigen Seelen in die Qual-Gläser. Mia und ich konnten nur knapp entkommen. Es ist ratsam, wenn wir unsere Auren verbergen, damit wir nicht geortet werden können."

„Hä? Das geht?" Ich sehe den Knirps verwirrt an.

„Unterdrück deine Aura und riegle sie von der Außenwelt ab, damit dich niemand aufspüren kann", wiederholt Neven.

„Wie geht das?"

„Schick sie in dein Innerstes", sagt Mio. „Lenke deine Energie nicht nach außen, sondern nach innen. Stell dir einfach vor, du hättest sie verschluckt. Das hat es mir leichter gemacht, als Raxia mir das beigebracht hat."

„Ist ja krass. Na, gut. Ich versuche es mal. Sag mir Bescheid, wenn's geklappt hat."

Geduldig warten alle, bis meine Aura verschwindet.

„Jetzt hast du es", mischt sich Raxia ein. „Gut, dann weiter im Text. Neven, sag mir, wie viel Zeit wir in etwa haben, bis Fatum seine treuen Soldaten schickt, um uns zu suchen."

„Ich denke ein bis zwei Tage in der Menschenwelt. Er wird sie erst schicken, wenn alle Verräter weggesperrt sind. Es bleibt damit genug Zeit, die Hypnose durchzuführen."

Raxia schluckt stark. Es legt sich ein roter Schimmer über ihre Nase. Das weckt meine Neugier.

„Was ist diese *Hypnose*, Neven?", frage ich. „Ist es dasselbe, was ich darunter verstehe? Sieh auf das Pendel und wenn ich bis zehn gezählt hab, gackerst du wie ein Huhn?"

Er schmunzelt. „Ähnlich, Milan. Bei dieser Methode- …" Raxia unterbricht ihn. Sie fuchtelt wild mit den Händen herum.

„Still, Neven! Sag das nicht vor allen! Ich werde es machen. Ist gut. Es sind keine weiteren Erklärungen von Nöten."

Raxias dramatische Reaktion bestätigt meine Annahme, dass es mit der Hypnose irgendetwas ganz Tolles auf sich haben muss, was ihr das Blut in den Kopf schießen lässt. Irgendwas richtig schön Peinliches. Der kleine Teufel auf meiner Schulter will sie ärgern.

„Oho", grinse ich. „Jetzt bin ich aber gespannt. Raxia, ich opfere mich zuerst. Du darfst an mir die sagenumwobene *Hypnosetechnik* anwenden."

„Niemals fange ich mit dir an", keift sie. Ihr Finger deutet auf Mio. „Er ist der erste", legt sie fest.

„I-Ich?"

„Ja." Sie steht auf und nimmt seine Hand. Er muss sich erheben.

„Macht ihr das hier?", fragt Mia verwirrt.

„Nein, niemals", erwidert Raxia. Die Farbe ihres Gesichts unterscheidet sich nicht zu der ihrer Haare. „Wenn es vorbei ist, kommen wir zurück."

Mein Grinsen reicht bis zu den Ohren.

„Dann beeilt euch. Meine Macht möchte auch bald erwachen." Ein letzter tötender Blick von ihr, dann verschwindet sie mit Mio wer weiß wohin.

„Weg sind sie", staunt Mia. „Das Leben als Untoter ist echt cool."

„Es hat Vorteile", schmunzelt Neven.

KAPITEL 17

Raxia bringt uns mit der Teleportation zurück in die Bibliothek. Ich bin sehr überrascht, als ich die Sachbuchabteilung, in der wir die ganzen Bücher wieder einsortieren mussten, wiedererkenne.

„Ist das nicht gefährlich?", frage ich. „Wenn Caro zurückkommt …"

„Warum sollte sie? Die Bücherei öffnet erst in ein paar Stunden und alle Fenster sind mittlerweile geschlossen."

„Außer das, was du kaputtgemacht hast, damit wir einsteigen konnten."

„Ja, außer dem."

„Wird Caro deswegen nicht großen Ärger bekommen?"

„Wer weiß. Das ist jetzt nicht relevant."

Raxia wirkt sehr nervös. Ich traue mich gar nicht zu fragen, was es mit dieser Hypnose auf sich hat. Wirklich Lust, das Versuchskaninchen zu sein, habe ich nicht. Anhand der Reaktionen von ihr und Neven gehe ich stark davon aus, dass es extrem unangenehm werden wird.

Sie klatscht in die Hände.

„Lass es uns hinter uns bringen", meint sie.

Ich füge mich meinem Schicksal.

„Was muss ich machen?"

Sie zeigt auf den Boden. „Du musst dich da hinlegen."

Das klingt ja gar nicht schlimm. Kommentarlos will ich gehorchen, doch sie unterbricht mich. Ihr Kopf ist wieder ganz rot.

„A-Aber nicht so", stammelt sie.

„Auf den Bauch?"

„N-Nein … N-N…N…"

Es kommt ihr nicht über die Lippen.

„N? Nicht auf den Bauch?", rate ich. „Auf die Seite – wenn nicht, auf den Rücken?"

Sie dreht sich beschämt um, sodass sie mich nicht mehr sehen kann. Irgendetwas flüstert sie. Ich verstehe es nicht.

„Raxia, vielleicht gibt es eine andere Methode als die Hypnose, wenn dir das so unangenehm ist."

„Nein! Gibt es nicht." Sie dreht sich um. „Leg dich da nackt auf den Rücken hin."

So groß waren meine Augen sicher noch nie.

„N-Nackt?", stammle ich. „S-So richtig ... nackt?"

Sie nickt beschämt.

„A-Aber, dann siehst du ja ..."

„Ich werde ihn mir nicht ansehen, keine Sorge. Äh, ich meine *dich*."

„Kann ich nicht wenigstens meine Unterhose anlassen?"

„Nein. Alle Materie, die aurafremd ist, muss entfernt sein, damit ich in dein Unterbewusstsein eindringen kann, ohne es zu beschädigen."

„Aber die Kleidung hast du doch beschworen. Es ist ja kein echter Stoff, sondern nur deine Energie, die diese Form angenommen hat."

„Das ist für dich trotzdem aurafremd."

„Also muss ich nackt sein und du nicht?"

„Ich... Ich werde auch... Weil es über die bloße Haut besser funktioniert, deswegen ..."

Ihr Gestotter macht es nicht besser. Ich muss stark schlucken. Jetzt wird mir klar, warum Neven es als *peinlich* bezeichnet hat.

„H-Hast du das schon mal gemacht, Raxia?"

„Ja ... Ich habe sie bereits bei einer Soldatin durchgeführt, deren Auferstehung sehr kompliziert verlief. Ich rettete ihr damit das Leben. Aber mit einem Mann habe ich das noch nie getan."

„Ich traue mich kaum zu fragen, aber was passiert, wenn wir beide nackt sind?"

„Ich lege mich auf dich und..."

„Tun wir - es?"

„Nein! Um Gotteswillen! Unsere Zungen müssen sich berühren, damit sich unser Speichel vermischen kann und ich gleichmäßigen Kontakt zu deinem Körper bekomme."

„Kannst du nicht einfach meine Hand halten? Wie soll ich mich denn konzentrieren, wenn wir uns nackt küssen? Das kann ich nicht."

„Im Speichel sind Elektrolyte, die elektrische Ladung transportieren. Über sie wandert mein Bewusstsein in kleinen Energiewellen in deinen Körper. Bei lebenden Menschen findet man sie auch im Blut oder anderen Körperflüssigkeiten."

Die letzten Worte nuschelt sie hektisch vor sich hin.

Mir wird ganz elend. Dass sich Raxia nackt auf mich legen will, um mich zu küssen, stört mich tatsächlich weniger. Viel mehr beunruhigt es mich, dass ich dieses seltsame Kribbeln in mir fühle, wenn ich an ihre Berührungen denke. Was ist nur los mit mir? Will ich sie ... nackt sehen? – Ja, irgendwie will ich das. Das macht mir Angst.

„W-Wollen wir es jetzt ... hinter uns bringen ...?", fragt sie.

„Was machst du, wenn du in meinem Unterbewusstsein bist? Entsiegelst du die Kraft?"

„J-Ja. Ich versuche es zumindest."

Wenn es ihr misslingt und etwas schiefgeht – was passiert dann? Raste ich aus und meine Aura verschlingt sie genau wie Alfabio? Daran mag ich gar nicht denken.

„Willst du es nicht lieber erst mit Milan machen? Ich habe Angst, dass ich dir wehtue, falls wir uns irren und etwas schief geht."

„Nein! Bloß nicht. Schon der Gedanke ..." Sie schüttelt sich. „Bitte, Mio. Ich weiß auch nicht, ob es klappen wird. Aber ich kann das unter keinen Umständen mit Milan testen."

„Und warum mit mir?"

Ich kann mir vorstellen, wieso. Milan hat oft genug angedeutet, dass Raxia uns zu Lebzeiten beobachtet hat. Wahrscheinlich hat er Recht und ihr ist aus meiner Vergangenheit kein Detail verborgen geblieben. Irgendwie fühle ich mich jetzt schon nackt.

„B-Bei dir ist mir das nicht so schlimm peinlich", stottert sie.

Ich seufze. Raxia hat Recht. An den Teil meiner Vergangenheit erinnere ich mich ganz gut. Es wird wahrscheinlich nichts passieren, wenn wir uns nackt küssen. Ich muss das ganz locker sehen.

Der Erklärung ist genüge getan. Ich ziehe mich aus. Raxia versteht die Geste. Sie tut es mir gleich. Ohne richtig hinzusehen, legen wir uns auf den Boden. Ich warte, damit sie die beschriebene Position einnehmen kann, aber Raxia rührt sich nicht.

„Soll ich?", frage ich vorsichtig.

Sie nickt und hält sich die Augen zu. Ihr Kopf ist immer noch knallrot. Ein Glück, dass sie nicht mehr an Bluthochdruck sterben kann ...

Ich gehe in Position. Es fühlt sich in der Situation merkwürdig an, nackt auf ihr zu liegen. Noch komischer wird es, als ich ihren Körper mehr und mehr an meiner Haut spüre. Wir sind beide eiskalt. Trotzdem gibt es gerade keinen anderen Ort, an dem ich lieber sein möchte. Um ehrlich zu sein, würde ich sie auch gern anfassen.

„Bist du soweit?", frage ich schüchtern.

Sie nickt zögernd.

„Nimm mal die Hände aus deinem Gesicht."

„J-Ja, entschuldige."

Ich küsse sie ohne weitere Zeit zu verschwenden, damit wir schnell die peinliche Sache hinter uns haben. Entsetzt reißt sie ihre Augen auf.

„Was machst du da?", fragt sie erschrocken.

„Du-Du sagtest doch- …"

„Aber nicht so plötzlich."

„Tut-tut mir leid."

„Wir müssen uns vorher entspannen. So hat es keinen Sinn. Unsere Auren müssen im Einklang mit unseren Körpern sein."

Sie bewegt sich unter mir. Das ist gar nicht gut. Verlegen sehe ich zur Seite.

„Äh, Mio …?"

„Ja?" Meine Stimme klingt viel zu hoch.

„Kann es sein, dass du … ?"

Es bedarf keiner weiteren Worte.

„Sag … sag, wenn er wieder normal ist, dann versuchen wir es erneut."

„M-hm …" – Das ist so peinlich!!!

Nach einer gewissen verdammt peinlichen Stille machen wir da weiter, wo wir aufgehört haben. Diesmal liege ich unten. Das ist Raxia lieber. Als sie sich auf mich legt, fallen ihr ein paar Strähnen ins Gesicht. Reflexartig streiche ich sie ihr zurück hinter die Ohren. Sie sind ganz weich und glänzen trotz der schlechten Lichtverhältnisse …

„Machst du das mit Absicht?", fragt sie und klingt etwas genervt.

Beim dritten Anlauf schaffen wir es dann endlich. Wir liegen nebeneinander und berühren mit der Hand die Schulter des jeweils anderen. Außerdem verschränken wir die Beine ineinander. Das ist ganz viel Hautkontakt, aber unsere Becken bleiben strikt getrennt. Ihre Haare darf ich auch nicht mehr anfassen.

„Bist du entspannt, Mio?"

„Mehr als vorhin."

„Dann steck jetzt deine Zunge in meinen Mund, damit wir die Sache hinter uns bringen können. Die anderen werden sich schon wundern, wo wir so lange bleiben."

„O-Okay."

„Beweg deine Zunge aber nicht. Der Kontakt muss gleichmäßig sein. Jede Bewegung bringt Unruhe rein."

„Ich versuch's."

Zögernd rücke ich näher an sie und öffne meinen Mund. Ich will meine Augen schließen.

„Lass sie auf", unterbricht Raxia. „Am Ende reagiert er sonst wieder."

„Okay." – Das ist doch schlimmer als jede Ohrfeige.

Ich fühle ihre Zunge in meinem Mund. In mir kribbelt es wieder. Ich versuche, das Gefühl zu unterbinden.

‚Das ist nur eine Hypnose, mehr nicht. Das ist kein richtiger Zungenkuss. Wir stellen nur eine Verbindung zwischen uns her. Ich muss nicht nervös sein.'

Ich bekomme mich unter Kontrolle. Raxia verharrt mit ihrer Zunge in meinem Mund. Ob sie eine Verbindung fühlt, weiß ich nicht. Doch plötzlich passiert etwas. Sie flüchtet regelrecht aus unserer Position. Ihre Augen sind weit aufgerissen. Raxia schreit. Ich bin ganz erschrocken.

„Hast du etwas gesehen?", frage ich ängstlich.

Sie kauert sich vor mir zusammen. Ihre Arme sind um den Kopf geschlungen.

„Feuer", stottert sie. „Überall sind blaue Flammen. Es ist zu heiß." Ihre Stimme klingt panisch.

„Raxia?" Ich berühre sie vorsichtig an der Schulter, damit sie merkt, dass ich da bin. „Ist alles in Ordnung?"

„Die Flammen...! Es ist so heiß!"

„Raxia?"

„Sie fressen mich auf. Ich will nicht sterben. ICH WILL NICHT STERBEN!"

Ihre panischen Schreie erfüllen den ganzen Raum.

Das ist der *Anfang* vom *Ende* und gleichzeitig der *Beginn* unserer unendlichen *Ewigkeit*.

NACHWORT

Hurra, hurra Band 2 ist da. Ging doch schneller, als erwartet. Die ganz Treuen unter euch werden gemerkt haben, dass ich einige Details an der Story verändert habe. Ich finde es so wesentlich *runder*. Ihr hoffentlich auch. Wäre doch langweilig, alles Wort für Wort in die Neuauflage zu übernehmen. Aber nun genug. Länger möchte ich eure Zeit jetzt nicht in Anspruch nehmen.

Wie immer vielen Dank fürs Lesen. Ich hoffe, euch hat der Band gefallen und ich darf euch auch im nächsten wieder begrüßen.

Schaut gern bei Instagram @SanmahPicture vorbei!

BAND 1

Emilios Seele ist die Wiedergeburt einer uralten Macht aus längst vergangenen Zeiten. Gejagt von Malums Schatten und gegeißelt durch dessen treuen Diener Pirk, wird der nichtsahnende Emilio mit harten Schicksalsschlägen auf die Probe gestellt.

Im Roman erzählt Emilio von seiner turbulenten Jugend, die von so manchem Herzschmerz und unheimlichen Albträumen geprägt ist.

enthält Boyslove

**Keys of Zodan ROMAN
Band 1: ISBN: 978-3-819-22541-3**

GRATIS WALLPAPER

https://www.sanmahpicture.de/kozmanga/

BAND 1+2

In einer Welt, in der Menschen gemacht und nicht geboren werden, herrscht die Kontrolle. Der Tech Kian ist die lebensverachtende Ideologie leid, die das System hervorgebracht hat. Als er einem gefangengenommenen Non-Tech Jungen begegnet, beschließt er, aus dem Gehorsam auszubrechen und der Tyrannei ein Ende zu bereiten.

Blue Eye Lie
Band 1: ISBN: 978-3-757-80495-4
Band 2: ISBN: 978-3-759-78628-9

BAND 1

Milan führt das Leben eines normalen Oberschülers, wäre da nicht die fanatische Stalkerin Raxia, die ihm ständig erzählt, dass er die Welt retten soll. Bevor er das tut, muss er sterben. Bleibt Milan eine Wahl?

Keys of Zodan Recurring
Band 1: ISBN: 978-3-7693-1733-6